獣人の求婚

天野かづき

23486

角川ルビー文庫

目次

口絵・本文イラスト／蓮川愛

その年の冬は特に雪が多かった。

木々に積もった雪が、時折梢《こずえ》を揺《ゆ》らしてはどさりと落ちる。寂《さび》れた屋敷《やしき》は人が少なく、冬に庭を整える者はいない。特にこの部屋が面している裏庭は屋敷の外からは見えないこともあって、年中放置されていた。

だが、北側の寒々しい庭だからこそ、昼の日の高い時間を過ぎてもまだ、きらきらと輝《かがや》くつららが見られる。エリオルは早春の新緑をそのまま閉じ込めたかのような萌黄《もえぎ》色《いろ》の瞳《ひとみ》で、熱心につららを見つめる。

エリオルはつららが好きだった。屋敷どころか、この部屋から出ることもほとんどできず、かといって屋敷内でできることもない生活の中では、自然の見せる美しさは大きな楽しみとなる。

しばらくその様子を窓越《ご》しに眺《なが》めていたエリオルは、ふと庭の片隅《かたすみ》に黒いものが落ちていることに気がついた。

庭と塀《へい》の境目の辺りに何かがある。昨日まではなかったはずのそれ。

一体何だろう？

　ここからでははっきりとは見えない。少し考えてから、エリオルは窓を開けて庭へと下りた。念のため、近くに誰《だれ》もいないことを確認《かくにん》すると、それに近寄っていく。冷たい空気に身を切られるようだったが、さくさくとした雪の感触《かんしょく》は悪くなかった。

　屋敷から塀までの距離《きょり》はそう遠くない。もともと小さな屋敷なのだ。厨房《ちゅうぼう》用の薪《まき》が積まれた粗末《そまつ》な小屋の横に、それは落ちていた。

　しゃがみ込んでじっと見つめる。一見すると黒にも見える暗緑色の布だ。積もっていた雪がところどころ溶《と》けて、薄汚《うすよご》れた黒のように見えたのだろう。

　なぜここにこのようなものが落ちているのだろう？　不思議に思い、軽い気持ちでエリオルはそっと布を引っ張った。

　だが……。

「あれ？」

　重い。思っていたよりずっと重量がある。どうやら埋《う》まっているのはただの布ではなく、何かが包まれているようだ。

「んー……っ」

　エリオルは両手で布を掴《つか》み、背後に体重を掛《か》けるようにして力一杯《ちからいっぱい》それを引き抜《ぬ》こうとした。

「わっ」

　ようやくわずかではあるが布に包まれた塊《かたまり》が動き、エリオルはその場に尻餅《しりもち》をつく。

はぁはぁと荒《あら》い息を吐《は》きながら塊をのぞき込み、目を瞠《みは》った。

布に包まれていたもの。それは、七歳を迎《むか》えたばかりの自分と、同じくらいに見える子どもだった。

「……誰？」

エリオルはこの屋敷に来て以来、身近で子どもを見たことはない。屋敷にはいないし、門の近くに寄らないように言われているため、外の様子もほとんど分からないのだ。

だというのに、どうしてここに子どもがいるのだろう？　しかも目を閉じている。寝《ね》ているのだろうか？

訳が分からず、エリオルは混乱したまま布の中の顔をのぞき込む。白い頬《ほお》に触《ふ》れるが、たった今まで雪まみれの布を摑んでいた手にはほとんど感覚がなく、頬の感触はよく分からない。

だが、相手はそうではなかったらしい。ふるりと長いまつげが揺れ、ゆっくりと瞳が開かれていく。

瞼《まぶた》の下から現れたのは、ハッとするほど美しい金色の目だ。銀色のまつげに縁《ふちど》取られた金の目がエリオルを捉《とら》え、驚《おどろ》いたように瞠られる。

けれど、エリオルも内心驚いていた。こんなきれいな目は見たことがない。この辺りに住む子どもなのだろうか？

自分のことを、知っているだろうか……？

「……きみは誰？」

おそるおそる、エリオルは問いかけた。だが、相手は何も言おうとはしない。その目はこちらをうかがうようではあったけれど、いつもの見慣れたものとは違《ちが》うように思えた。

自分を取るに足らないと蔑《さげす》む、あの瞳とは……。

「どうしてこんなところで寝ているの？　寒くないの？」

だから思い切ってもう一度、今度は別のことを問いかける。

「……――――」

小さな、囁《ささや》きのような声だった。

けれど何を言われたかが分からない。エリオルは首を傾《かし》げ、少年の口元に耳を寄せようとした。

だが……。

離《はな》れた場所からドアの開閉音が聞こえ、エリオルはハッと顔を強《こわ》ばらせる。

こちらに来ると決まったわけではない。だが、もしもこのままここにいて見つかったら、どんなことになるか分からなかった。

母親はエリオルが屋敷の外に出ることを酷《ひど》く嫌《きら》っている。ばれれば鞭《むち》を使われることもあるほどだった。母はエリオルが酷い怪我《けが》や病気をすることを極端《きょくたん》に恐《おそ》れているので、鞭が叩《たた》くのは手のひらと決まっており、傷が残るほどのものではない。それでも、鋭《するど》い痛みはエリオルに恐怖《きょうふ》を植え付けるには十分だった。

見つかる前に、早く部屋に戻《もど》らなければならない。だが……。

「こっち、来て」

エリオルは焦《あせ》りながらも少年を引っ張る。少年は戸惑《とまど》った表情でエリオルを見上げている。

「早く、見つかっちゃう」

だが、エリオルがそう言った途端《とたん》、びくりと体を震《ふる》わせて手のひらを地面に突《つ》いて起き上がる。ぎこちない動きではあったが、どうやら自分で動くことはできるようだ。

「こっち」

エリオルはそう言うと自分が出てきた窓へと向かう。窓を開けてうしろを振《ふ》り向くと、少し遅《おく》れてついてきた少年を室内へと招き入れた。

窓を閉め、そのまま外から見えない場所まで少年の袖《そで》を引いた。もしも誰かが来たとしても、すぐには見えないベッドの陰《かげ》まで移動する。

「危なかったねぇ」

ようやくほっとして、エリオルは少年に笑いかける。少年は何かを探《さぐ》るように、じっとエリオルを見つめていた。

そうなって初めて、エリオルは布だと思っていたのがフード付きの外套《がいとう》であったことに気がつく。少年はフードを目深《まぶか》に被《かぶ》っており、その下からエリオルを見つめている。身長はこぶし一つ分ほど、エリオルのほうが高いようだった。

「……なぜ」

「うん？」

「ワタシをここに連れてきたのはなぜ、デスカ？」

少年の言葉に、エリオルはぱちぱちと瞬《しばたた》き、それから首を捻《ひね》る。

「分かんない……」

「ワタシの言葉、おかし、デスカ？」

「え？」

少年の言葉にエリオルはぽかんとして、それから頭《かぶり》を振る。

「おかしくなんてないと思うよ」

少しぎこちないけれど、おかしいと言うほどではないように思う。

「でも、分からない、言いマシタ」

その言葉の意味を考えて、エリオルは少年が誤解していることにようやく気付いた。

「違うよ、どうしてきみをここに連れてきたのか、僕も分からなかったから」

「は？」

今度は少年がぽかんとしている。だが、エリオルの言葉は本心からのものだった。誰かが来ると思い、ここにいたら罰《ばつ》を受けると焦《あせ》ったのだ。

「勝手に連れてきてしまってごめんなさい」

しおしおと謝罪したエリオルに少年は呆《あき》れたように口を開き、それから少し笑ったように見えた。

そして、どうして自分があそこにいたのかを教えてくれる。

怖《こわ》い人たちに追われて逃《に》げてきたこと。見つからないように塀《へい》を越《こ》えたものの力尽《ちからつ》き、上から落ちてきたものに押しつぶされて気を失ってしまったらしいこと……。

「僕が見つけたとき、きみは雪の下にいたよ。ときどき木からね、どさって雪が落ちてくるから、それかなぁ？」

「きっとそうデス」

少年はこくりと頷《うなず》く。

「でもそれじゃあ、きみも見つからないほうがよかったんだね」

連れてきてよかった、とエリオルは微笑《ほほえ》んだ。少年はまた、そんなエリオルをじっと見つめていた。

「――――」

ぽつりと呟《つぶや》かれた言葉は、聞き取れなかった。なんだろうと、そう思いながら、エリオルも少年を見つめる。日の下では金色に見えた瞳《ひとみ》は、室内ではもう少し落ち着いた色に見えた。まつげは銀だから、きっと髪《かみ》も銀だろう。深く被ったフードの下に隠《かく》されていて、今は見えないけれど……。

絨毯《じゅうたん》にポタポタと水滴《すいてき》が落ちていることに気付いたのは、そのときだった。外套についていた雪が、室内の温度で溶《と》けたのだろう。

「ねぇ——」

言いかけて、エリオルは言葉を止める。そう言えば大切なことを訊《き》いていなかった。

「僕、エリオル。きみの名前は？」

「……ジュード」

「ジュード、濡《ぬ》れた服を着ていると体によくないんだって。だから、脱《ぬ》いで乾《かわ》かそう？」

昔それで酷く怒《おこ》られたことがあったエリオルは、そう言ってジュードの外套へと手を伸《の》ばす。

けれど、ジュードはその手を避《さ》けるように後退《あとずさ》った。

「ジュード？」

「だめ、デス」

「だめ？」

「フード、外してはだめ、言われていマス」

言いながらぎゅっと、フードを引き下げるように手で押さえる。

「フードを外したら、怒られるの？」

エリオルの言葉に、ジュードは少し考え込むように沈黙《ちんもく》してから、こくりと頷いた。

怒られるのはかわいそうだ。ジュードも鞭で打たれるのかもしれない。けれど……。

「大丈夫《だいじょうぶ》！」

エリオルはにこにこと笑う。

「ここには怖い人……はいるけど、ジュードにとっての怖い人とは違うと思うし、僕はジュードを怒ったり……鞭で打ったり、絶対にしないもの。ジュードがフードを外しちゃったこと、内緒《ないしょ》にしてあげる」

「……──」

また、ジュードは何かを喋《しゃべ》ったけれど、やはりエリオルには分からなかった。

「なぁに？　なんて言ったの？」

「……そういう問題ではない、デス」

今度はちゃんと言葉が分かった。けれど、意味は分からない。そういう問題ではない？　フードをとっても自分は怒らないのに？　いや、ジュードはそれを疑っているのかもしれない。怒らないから言いなさいと言われて言ったのに、怒られて鞭で打たれたことがエリオルにもある。

「本当だよ？　絶対に怒らないよ？」

エリオルは信じて欲しくてそう言ったけれど、ジュードの手はフードを摑《つか》んだままだ。そのせいで先ほどまで見えていた瞳も見えないから、ジュードがどんな表情をしているのか、エリオルには分からなかった。

だが……。

ノックの音のあと、返事を待つことなくドアの開く音がして、エリオルはハッと身を強《こわ》ばらせる。すっかり忘れていたけれど、もう教師の来る時間だ。

「しー」

エリオルはジュードに向かって静かにするように合図をすると、ぱっと立ち上がってテーブルへと向かう。

入室してきた教師は、腰《こし》の曲がった老人で、準備を終えて待っていなかったエリオルをじろりと睨《にら》む。

エリオルは週に一度、この老人から文字や簡単な算学、歴史などを教わっている。最低限の知識を身につけさせておけばよい、という方針らしく、難しいものではないし、実際に教わるというよりも本や問題を与《あた》えられて、次までにここまで学んでおくようにという指示を受け、疑問があれば訊くといったことがほとんどだ。

この日も同じで、エリオルは与えられた本の中で、意味の分からなかった単語の意味を尋《たず》ね、算学の課題で間違《まちが》っていた箇所《かしょ》の説明を受けて、一時間ほどで授業は終わった。最後に新しい課題を与えられ、教師が出て行くのを見送る。

ほっと息をつき、課題の本を片付けてから急いでベッドの陰へと向かった。

「ごめんね、ジュード、だいじょ――」

ベッドの陰《かげ》をのぞき込んで、エリオルはぱっと自分の口を手のひらで覆《おお》う。そこではベッドの側面に寄りかかったジュードが、すやすやと寝息《ねいき》を立てていた。

どうやら静かにしている間に眠《ねむ》ってしまったらしい。エリオルはすぐそばまで行き、ジュードの顔をのぞき込んでから、外套《がいとう》へとそっと手を伸ばした。

やはりまだ湿《しめ》っている。ジュードが座っている辺りの絨毯も同じように湿っていて、このままではよくないだろうと思う。

起こさないようにできるだけ気をつけて、エリオルはジュードの外套を脱がせようとした。けれど、ボタンに触《ふ》れたそのとき、びくりとジュードの体が揺《ゆ》れた。

「あっ」

強い力で手をはたき落とされて、エリオルは悲鳴を上げる。ジュードがハッとしたようにこちらに顔を向け、そして――。

「っ…………！」

ベッドの側面に、どこかが引っかかっていたのだろうか。ジュードの頭から、フードが外れた。

「……耳」

エリオルは唖然《あぜん》として、そう呟く。ジュードの頭には、犬のような三角の耳が生えていた。

ジュードは慌《あわ》てて再びフードを被《かぶ》ったが、それでごまかせるはずもない。

エリオルは今見たものがなんだったのか、自分の少ない知識と摺《す》り合わせる。それはさほど難しいことではなかった。この世界に、人間以外の種族がいることは、エリオルも学んでいる。ただ、実物を見たことは一度もなかったけれど……。

「ジュードは『獣人《じゅうじん》』なの？」

エリオルの言葉に、ジュードがびくりと震《ふる》える。

その態度に、エリオルはジュードがフードを脱がないように言われていた理由が、獣人であることを隠すためだったのだと悟《さと》った。

そしてすぐに、それは当然のことだと気付く。

この国――フルブスク王国には、獣人への根強い差別がある。エリオルもまた、先ほどの教師から、獣人は人と獣《けもの》の間に生まれた、人間より遥《はる》かに劣《おと》った存在であり、並び立つものではないと教えられていた。

人よりも劣等《れっとう》で、下賤《げせん》な存在。家畜《かちく》よりは賢《かしこ》いが、だからといって人と同等になろうなどと考えることすら烏滸《おこ》がましい、と。

けれど、それなら……――それならば、自分と一緒《いっしょ》だ。

「ジュードが獣人なら、僕と友達になってくれる？」

気付いたら、そんな言葉が飛び出していた。

エリオルの言葉に、ジュードがおそるおそるといった様子でこちらを見上げる。何を言っているのかと疑うような、驚《おどろ》きと猜疑《さいぎ》を含《ふく》んだ視線だ。

エリオルは、一度は自らの発した言葉に驚いて目を瞠《みは》ったが、ジュードがすぐに拒否《きょひ》しなかったことに勇気づけられて、その目をまっすぐに見つめる。

緊張《きんちょう》に、ごくりと喉《のど》が鳴った。

「僕は役に立たなくて、邪魔《じゃま》で、愚《おろ》かで、劣った、迷惑《めいわく》な存在なんだって」

母の言葉、教師の言葉、使用人の言葉の全《すべ》てを総合すれば、そういうことになる。

だから、母はエリオルに鞭《むち》を振《ふ》るうし、教師は馬鹿《ばか》にする。使用人はそこにいないものとして扱《あつか》いながら、何かをしでかせば母へと言いつける。

「でも、先生は、獣人のことも劣った存在だって言っていた。あっ、ジュードはそんなふうには見えないけどっ……でも、もしも少しでもそういうところがあるのなら、僕とも仲良くしてくれるかなって」

エリオルはそう思ったのだった。

でも、やっぱりだめだろうか？

「ジュードは僕と、仲良くしてくれる……？」

おそるおそる口にしたエリオルの言葉に、ジュードは明らかに狼狽《うろた》えている。そうしてまた、何かエリオルには分からない言葉を口にしたようだった。

「それは、獣人の言葉？」

「あ……すみません」

口に出したつもりはなかったのかもしれない。ジュードはそう言って唇《くちびる》を噛《か》み、それから迷うように視線を彷徨《さまよ》わせる。

その態度に、エリオルは悲しくなったけれど、泣きはしなかった。やっぱりと思っただけだ。子どもだから、獣人だからといって、自分と仲良くしてくれるかもなんて、そんな都合のいいことがあるはずもない。

「おかしなことを言って、ごめんね」

そう言って、がんばって笑った。

「あの、もう僕は、ジュードが獣人だって知っちゃったし、だからフードをとっても大丈夫だよ。夕食の時間までは誰《だれ》も来ないし、その間に乾《かわ》かしたほうがいいと思う」

そう言いながら、ジュードから距離《きょり》を取るべく立ち上がろうとしたエリオルの服を、なにかが引っ張った。

「あっ――――！　すみません」

こてんと尻餅《しりもち》をついてしまったエリオルに焦《あせ》ったように、ジュードが何かを言い、それから慌《あわ》てたように謝罪する。見れば、ジュードの指が、エリオルの服の裾《すそ》を摑んでいた。

「仲良くする、の、しマス」

「え？」

「友達、いやじゃないデス」

ジュードの言葉に、エリオルは徐々《じょじょ》に目を見開く。

仲良くする。友達もいやじゃない。

じわじわと言葉の意味が頭に浸透《しんとう》していく。

「……本当？」

エリオルの言葉に、ジュードが頷《うなず》く。途端《とたん》にぎゅーっと体中が締《し》めつけられるみたいに痛くなって、エリオルはぽろりと涙《なみだ》を零《こぼ》した。そのまま、涙は止まることなく零れ続ける。

さっきは悲しくても我慢《がまん》できたのに、今はだめだった。

ジュードが驚いたように目を見開き、おろおろと無意味に手を振り回す。それがなんだかおかしくて、エリオルは涙を零しながら笑った。

それから、エリオルが泣き止《や》むのを待ってジュードは外套を脱《ぬ》ぎ、暖炉《だんろ》でそれを乾かした。もちろん、誰かが入ってきたら大変なことになるのは分かっていたし、外からも見られるわけにいかないから、乾かす場所は慎重《しんちょう》に選んだ。

不思議なことに外套は外側が濡《ぬ》れていたけれど、中までは水が染《し》みていなくて、濡れていたのは外套とズボンの膝《ひざ》の辺りだけだった。どうやら外套の素材とブーツの内張りの素材が特別製ということらしい。

「普通《ふつう》の服なら、雪の下で眠る、獣人でも死んでいた、思いマス」

「そっかぁ」

死ななくてよかった、とエリオルはほっと胸を撫《な》で下ろす。

『特別製』のせいか、外套は思ったよりも早く乾いた。室内で着るには汚《よご》れていたので、乾いた外套はメイドたちに見つからない場所にそっと隠《かく》す。掃除《そうじ》は週に一度と決まっているから、それまでは大丈夫《だいじょうぶ》だろう。昔は毎日掃除されていたけれど、いつの間にか減っていた。

二人がいるのはベッドの陰だ。尻の下にはソファから持ってきたクッションが敷《し》かれている。

そうやって、少しずつ、ジュードの話を聞いた。そのうち、日が陰り、室内が暗くなってくると、エリオルはカーテンを閉め、壁掛《かべか》けのランプに明かりを灯《とも》すスイッチに手を触れる。

以前は暗くなる頃《ころ》にはメイドの誰かが明かりを点《つ》けにきたが、あるときから来なくなった。しばらくの間、夕食の時間になるまで、エリオルはベッドサイドにあるランプを点けてじっとしているほかなかったが、そのうち彼女たちが壁の一ヵ所に触れると壁のランプが点くことに気付いたのだ。

それ以来、完全に暗くなる前に、明かりを点けるようにしている。

ベッドの陰《かげ》に戻《もど》ったエリオルは、ジュードが驚いたようにランプを見ているのを見て、そう言えば獣人は魔力《まりょく》がなく、魔法道具が使えないのだという話を思い出した。

「壁の丸いのを触《さわ》ると明かりが点くの。ランプに魔法石っていうのが入っているんだって」

その知識はあとになって本で学んだものだ。ランプだけでなく暖炉も魔法石で暖められている。エリオルにとってはそれが普通だった。

「ジュードの国は火を使うの？」

エリオルの問いにジュードが頷く。暗くなる頃に、長い棒の先に火の点いたものを使ってランプに火を点ける係がいるのだという。

「すごいねぇ」

ランプがたくさんあったらきっと大変だろうなと、エリオルは唸《うな》る。

「でも、最近は、魔法道具、増えてきマシタ」

「そうなの？」

「はい。魔法道具を使う係を、ええと……雇《やと》いマス」

「人間を雇うということ？」

「……そう、デス」

ジュードは少しためらい、エリオルの顔をチラリと見たあとに頷いた。

「そうかぁ……それなら、僕にもできるかな？」

「え？」

「明かりを点けたり、暖炉を点けたり、そういう係なら僕もなれるかなって」

それが仕事になるというなら、エリオルにもできるのではないだろうか。役立たずではなくなるのではないだろうか。

「……いいのデスか？　獣人《じゅうじん》に雇われる、デスよ？」

「うん」

エリオルはためらわずに頷く。ジュードはなぜかぎゅっと眉《まゆ》を寄せ、何か考え込んでいるようだった。

だが……。

「そろそろ夕食が届くから、ジュードはこのままここに隠れていてくれる？」

エリオルがそう言うと、ハッとしたように頷く。エリオルはほっとして、ベッドの陰から出るといつもそうしているようにソファの前のテーブルに本を運び、ソファに座る。

すると間もなく、ノックもせずにドアが開いた。

メイドが無言のまま、テーブルの横にワゴンを止める。彼女はエリオルを一瞥《いちべつ》することすらなく、そのまま部屋を出て行く。

屋敷《やしき》に来た初めの頃はこうではなかった。メイドはドアをノックしたし、食事はワゴンからテーブルに移されていた。ランプと同じで、いつの間にか、変わっていたのだ。エリオルは母だけでなく、使用人たちからも疎《うと》まれるようになっていた。

エリオルに何かあれば、母の怒《いか》りがエリオルを飛び越《こ》え、使用人にまで及《およ》ぶことがあることも原因の一つだろう。だが、母にすら愛されないのだから、使用人たちの態度も当然なのだと、エリオルは思っている。

けれど、これは今だけはいいほうに作用した。

エリオルはそのままワゴンをベッドの脇《わき》へと移動する。ワゴンの上にはスープと肉料理、パンが載《の》せられていた。疎まれ、放置されていても、食事の内容はまともなものだ。おそらくエリオルが病を得るようなことになれば、母が怒り狂《くる》うと分かっているからだろう。

「ジュード、ご飯食べよう」

エリオルはそう声をかけ、ジュードと分け合って夕食を食べた。ジュードは肉料理が特に気に入ったようだったので、最後の一切れを譲《ゆず》る。

量はいつもの半分だったけれど、いつもよりずっとお腹《なか》がいっぱいになった気がして、エリオルはうれしくなった。

その後、エリオルはジュードの存在を隠しながら、共に過ごした。

もしも、エリオルが普通の子どもであったなら、そんなことは絶対に不可能だっただろう。

エリオルが親だけでなく、屋敷中からその存在を無視される立場であったことが、このときばかりは功を奏した。また、ジュードの身体能力が、人間を遥《はる》かに凌駕《りょうが》するものだったことも。ジュードは掃除のある日や教師の来る日などは、見つからずに屋敷を出て外で過ごし、夜にそっと戻って来ることができたのだ。エリオルはジュードが心配だったけれど、屋敷にいて見つかるよりずっとマシだということはお互《たが》い理解していた。

食事を分け合ったり、衣服をこっそり与《あた》えたり、本を一緒《いっしょ》に読んだり、お互いの国の言葉を教え合ったり……。そんなふうにして二人は、小さな部屋の中で少しずつ、距離《きょり》を縮めていった。ジュードが同じ七歳であることや、母親がすでに亡《な》くなっていることを話してくれたのもこの頃のことである。

ジュードと過ごすことはただただ楽しく、エリオルは日々、ジュードの存在に救われていた。誰《だれ》かといることが楽しいということすら、エリオルは初めて知ったように思う。

だが、それまで一人で食べていた食事を分け合うことは、エリオルの体力を思った以上に削《けず》っていたらしい。もちろん、量を増やしてもらえないかと、食事を運んでくるメイドに言ったことはある。だが、それが伝わった様子はなく、食事が増えることはなかった。

そうして半月ほど経《た》ったある日、エリオルは風邪《かぜ》を引いてしまう。母は大いに怒り、すぐさま医者が呼ばれた。

エリオルの痩《や》せた手足を見た医者に栄養不足を指摘《してき》され、熱が下がるとすぐに食事の量が増やされた。そして……。

「お前は生きていることにしか価値がないの。だというのに食事も満足に摂《と》らず、病気になるなんて……母様を困らせて楽しいのかしら？」

「っ……」

ぴしり、と皮膚《ひふ》に当たる鞭《むち》の音が室内に響《ひび》く。エリオルは痛みに漏《も》れそうになる悲鳴を必死で堪《こら》えた。泣き叫《さけ》ぶと更《さら》に酷《ひど》くなるということを経験で学んでいたからだ。

「母様もね、こんなこと、したくてしているわけじゃないのよ？」

「は、はい……悪いのは、全《すべ》て僕です……っ」

再び鞭の当たった手のひらの皮膚がわずかに裂《さ》けて、血が滲《にじ》む。それを見て、ようやく母は鞭を下ろし、控《ひか》えていたメイドに渡《わた》した。

「お前が母様の言うことを聞かないから、罰《ばつ》を受けたの。分かるわね？」

「はい……申し訳ありません」

神妙《しんみょう》に頷《うなず》くエリオルに、母の唇《くちびる》が弧《こ》を描《えが》く。

「分かればいいのよ。――ああ、そうだった。お前に満足な食事を用意しなかったメイドは背中の皮膚が破れるまで鞭で打って放逐《ほうちく》してあげたわ。嬉《うれ》しいでしょう？」

「……は、はい。ありがとう、ございます」

そんなことは望んでいなかったけれど、エリオルはそう言うことしかできなかった。口もきかない相手だったが、それでも自分のせいでこれよりも酷い目に遭《あ》ったのだと思うと胸が痛む。

だが以前、そんなことはしないで欲しいと言ったとき、母は自分のやさしさが分からないのかと激高し、エリオルが反抗的《はんこう》になったことの責任を問うため、別のメイドも全て同じように鞭で打つと言い出した。

それ以来、エリオルは母の行いに異を唱えることなど、できなくなってしまったのだ。

「念のために治療《ちりょう》しておきなさい」

母親はメイドにそう言いつけると、部屋を出て行った。残されたメイドは無言のまま、エリオルの手のひらに薬を塗《ぬ》り、布を巻いた。

「あっ」

最後にぎゅっと強く布を締《し》められて、痛みに小さな声が漏れてしまう。

「――――メアリの痛みはこんなもんじゃなかったわ」

震《ふる》えた声の囁《ささや》きと、憎悪《ぞうお》の籠《こ》もった視線に、エリオルは息を呑《の》む。食事を運んでいたメイドの名を、エリオルは初めて知った。

「ご、ごめんなさい……」

咄嗟《とっさ》に謝罪を口にしたエリオルを睨《にら》みつけ、メイドは足早に部屋を出て行く。

室内に残されたエリオルはぎゅっと手のひらを握《にぎ》りしめた。痛みがエリオルを苛《さいな》むが、先ほどのメイドの言葉を思い出せば、本当にこんな痛み大したものではないと思う。

けれど……。

「エリオル」

温かい手が、エリオルの手を包む。

「ジュード……」

母の訪《おとな》いがあまりに突然《とつぜん》だったせいで、ジュードは外に出ることができず、室内で息を潜《ひそ》めていたのだ。

ジュードの手が、いつものベッドの陰《かげ》へとエリオルを引いていく。そうして、クッションの上に座ると、そっとエリオルの手を開かせた。

「すみません、全部私のせいです」

「ち、違《ちが》うよ！　僕が……僕が悪いんだ。だって、ジュードは平気なのに……」

食事の量が足りていないのは、ジュードも同じはずだった。ジュードのほうが多少体が小さいとはいえ、その差は大したものではない。自分の体が弱いせいだと、エリオルは思った。

「獣人は丈夫《じょうぶ》にできていますから。私がもっと遠慮《えんりょ》するべきだったのです」

「そ、そんなのだめだよ。だって、友達はなんでも半分こにするものだって、本に書いてあったもの」

エリオルの言葉に、ジュードは少し泣きそうな顔をして、ぎゅっとエリオルを抱《だ》きしめる。

「わっ」

突然のことにエリオルは驚《おどろ》いた声を上げたけれど、少しも嫌《いや》ではなかった。むしろ、じわじわと胸や頬《ほお》が熱くなって、悲しくないのに泣きたいような気持ちになる。エリオルはそっと、布の巻かれた手をジュードの背中に回した。

そうして二人はしばらく抱き合っていたけれど、やがてジュードの腕《うで》が緩《ゆる》み、そっと顔をのぞき込まれる。

金色の目が、じっとエリオルを見つめる。

「エリオル、ずっと気になっていました。あなたはどうして、この部屋に閉じ込められているのですか？」

「……怪我《けが》をしたり、病気をしたりしないためには、外に出ないほうがいいから」

母親に言われたことだ。だが、それが全てではないように、エリオルは感じていたし、きっとジュードも納得《なっとく》したわけではないだろう。

「僕の体のためだって……」

それでもそう続けるしかなかった。そんなエリオルの気持ちを汲《く》んだのか、ジュードは分かったというように頷く。

「……生きていることにしか価値がない、というのは」

訊《き》きにくそうに言いよどみながらも、目を逸《そ》らさないジュードに、エリオルはどうにか答えようと口を開く。

「僕が生きていれば、このお屋敷《やしき》に住めるし、お金がもらえるんだって」

本当は、自分の惨《みじ》めな状況《じょうきょう》を口にするのは辛《つら》い。けれど、それはジュードがそんな自分を嫌《きら》いになるのではないかと思うからだ。ジュードなら自分のことを知っても、嫌いにならないと、信じたかった。

「……ここは、誰の屋敷なんですか？」

「多分、父様の」

「ここには住んでいませんよね？」

ジュードの問いに、エリオルはこくりと頷く。

「亡くなったのですか？」

今度は首を横に振《ふ》る。

「別のところ……お城にいるの。僕の父様は、陛下って、呼ばれてた」

「え？」

ジュードの目が大きく見開かれる。

エリオルは、ぽつぽつとここに来るまでの話をした。

物心がついた頃《ころ》は城で暮らしていたこと。三歳の誕生日を祝われたような記憶《きおく》があるから、ここに来たのはそれ以降であること。四歳になるより前に何かがあって、母と二人でこの屋敷に移されたこと。

「よく分からないけれど、母様が『ふさわしくない』からっていろんな人が言ってた。父様も怒《おこ》っていて……」

「そうだったんですか……」

ジュードはそう言うと視線を落とす。

「僕のこと、嫌いになった？」

視線を外されたことで不安になって、エリオルがそう尋《たず》ねると、ジュードは弾《はじ》かれるように顔を上げ、頭《かぶり》を振る。

「そんなはずありません！」

いつになく、大きな声だった。すぐにしまったというように口を噤《つぐ》む。誰《だれ》かに聞かれては問題になるからだろう。けれど、エリオルはその反応が嬉しくて口元が緩む。

「うれしい。僕は、ジュードのこと、大好きだよ」

「……私も、その、エリオルのことが……す……好き、です」

半月前より随分滑《ずいぶんなめ》らかになったはずの言葉を詰《つ》まらせながら、ジュードが言う。

エリオルは飛び上がりたいほどの歓喜《かんき》を覚えて、今度は自分からジュードに飛びつくように抱きついた。

――この日を境に、二人の仲はますます深まっていくことになる。

ジュードが自然にエリオルに笑いかけ、その耳と尻尾《しっぽ》に触《ふ》れることを許し、ベッドの中でエリオルにしがみついて眠《ねむ》るようになった頃、この北の地も遅《おそ》い春を迎《むか》えた。

外に出るジュードが寒い思いをしなくてよくなったことは嬉《うれ》しいけれど、人に見つかる恐《おそ》れも増える。

ジュードが屋敷に戻《もど》ってくる時間も、日が延びるに従って徐々《じょじょ》に遅くなっていく。

その日も、ジュードの戻りは随分と遅かった。一緒《いっしょ》に夕食を摂《と》ることができそうもなかったため、エリオルはパンの間にその日の魚料理を挟《はさ》んで残し、完食したように見せかけてワゴンを廊下《ろうか》に出す。

カーテンの隙間《すきま》から外を見ると、空には大きな満月が輝《かがや》いていた。これでは明るすぎてジュードが戻ってきにくいのではないかと不安になる。

なぜだか酷《ひど》い胸騒《むなさわ》ぎがしていた。

早くジュードに戻ってきて欲しい。そして、いつものように抱きしめ合って眠りたい。

しかし、ジュードが戻ってきたのは、夜更《よふ》かししていると思われないように壁《かべ》のランプを消して、ベッドサイドのランプを点《つ》ける頃になってからだった。

「ジュード！」

ベッドで膝《ひざ》を抱《かか》え、文字をなぞることもできないまま本を開いていたエリオルは、窓から入り込んできたジュードにほっと胸を撫《な》で下ろす。

「おかえり。遅かったね。何かあったの？」

「……エリオル」

ジュードが大股《おおまた》でベッドに近付き、そのまま強くエリオルを抱きしめた。

春の夜の冷たい空気にエリオルの体が小さく震《ふる》えたけれど、自分の熱を分け与《あた》えたくてその背中をぎゅっと抱きしめ返す。

「迎えが、来ました」

「――――え？」

思いがけない言葉に、エリオルの思考が停止する。

迎えが来た？　誰に？

「国に、帰らなければなりません」

「国って……」

ジュードの言葉が理解できない。いや、したくない。だって、ジュードが国に帰る？　それは獣人《じゅうじん》の国にということだろう。つまり、ここから出て行くということだ。

「い……」

いやだ、と言いそうになって、エリオルは言葉を飲み込む。その代わり、もっと強く、ジュード の背を抱《だ》きしめる。

絶対に放したくないと、そんな気持ちを込めて……。

ジュードもまた、エリオルの背を苦しいほどの力で抱きしめてくれる。

「エリオル……エリオル……っ」

絞《しぼ》り出すような、苦しそうな声で名前を呼ばれて、分かってしまう。ああ、もう決めたことなのだ、と。

「……ジュードは、もう危なくない？　怖《こわ》い人はもういないの？　国に帰ったら……幸せになれる？」

それならば、いい。本当はいやだけれど、我慢《がまん》する。

そう思って訊いた言葉に、ジュードは答えなかった。エリオルは俄《にわか》に不安になる。けれど……。

「エリオルが好きです」

どうして頷《うなず》いてくれないのかと問うより先に、別の言葉が耳朶《じだ》を打ち、エリオルはハッと目を瞠《みは》る。

「愛しています」

それは初めて告げられる言葉だった。

今まで、誰からも告げられたことのない、言葉だった。しかし、それが心に届いた途端《とたん》、唐《とう》突《とつ》に理解した。

「僕も、僕も、ジュードのこと……愛してる」

心から湧《わ》き出るままにエリオルがそう口にすると、ジュードの体がびくりと震える。抱きしめていた腕《うで》が緩《ゆる》み、強い力でエリオルをわずかに引き離すと、極《ごく》近くで顔をのぞき込んでくる。

「……本当に？」

金色の目が、おそろしいほどまっすぐに、エリオルの目を射貫《いぬ》く。けれど、エリオルは少しも怯《ひる》むことなくその目を見つめ返し、頷いた。

いつからか分からない。だが、その言葉はずっと胸の中にあったかのように思えた。

「ジュードと、ずっと一緒にいたい……っ」

望みを口にした途端、じわりと目の奥が熱くなる。ジュードの顔が切なそうに歪《ゆが》む。その表情を見たら、胸がぎゅっと痛んだ。それでもなお、翻意《ほんい》させることはできないのだと、分かってしまったから……。

「……エリオル、お願いがあります」

「なぁに？」

ジュードに何かを願われるなど、珍《めずら》しいことだった。首を傾《かし》げながら、同時に、どんなことであっても叶《かな》えたいと思う。

けれど……。

「項《うなじ》を噛《か》ませてもらえませんか？」

「項……？」

思わぬ願いに、エリオルは即座《そくざ》に頷くことができなかった。言われたことの意味が、よく分からなかったのだ。

「首の後ろ、ここのところです」

ジュードの指が、エリオルの金の髪《かみ》をかき上げ、項をそっと撫でる。

「あなたを必ず迎えに来るという、約束の証《あかし》を残したいんです」

「――迎えに来てくれるの？」

目を見開いた途端、ぽろりと涙《なみだ》が零《こぼ》れる。ジュードの唇《くちびる》が、涙を拭《ぬぐ》うようにエリオルの目尻《めじり》に触れた。

「必ず」

「だったらいいよ」

エリオルは迷うことなく頷く。

「痛いと思いますが……」

「ジュードなら、いいよ。痛くしても、いいよ」

エリオルの言葉に、ジュードの頬《ほお》が赤くなるのが見えた。それを隠《かく》すようにジュードは手のひらで顔を覆《おお》う。けれど、すぐに思い直したように頷く。

「……ありがとうございます」

そう言うと、ジュードはエリオルの背後に回り、髪をかき上げる。ジュードの熱い吐息《といき》が、首筋に触れて、なぜだかぞくりと寒気のようなものを感じた。そして……。

「あぁ……っ」

鋭《するど》い痛みに、エリオルは耐《た》えきれずに悲鳴を上げた。痛くて、熱い。ジュードの歯――いや、牙《きば》が、項に突《つ》き刺《さ》さっている。一瞬《いっしゅん》のことだったようにも、もっと長い時間だったようにも思えた。やがて、ジュードは項から牙を抜《ぬ》き、ぺろりとそこを舐《な》めた。じんじんと響《ひび》く痛みを少しでも癒《い》やそうとするように……。

痛みのせいなのか、もっと別の理由があるのか、エリオルはまるで熱を出したときのように頭がぐらぐらとするのを感じた。くたりと力の入らなくなったエリオルの体を、ジュードがそっとベッドに横たえてくれる。

閉じそうになる瞼《まぶた》を、エリオルは必死に持ち上げて、視界の中にジュードを探す。闇《やみ》の中でなお爛々《らんらん》と輝くようなその瞳《ひとみ》が、自分を見下ろしていることに気付いて、エリオルは微笑《ほほえ》んだ。

瞳が近付き、唇に柔《やわ》らかいものが触れた。

「……必ず迎えに来ます。エリオルはもう、私の番《つがい》ですから」

そう言い残し、ジュードはエリオルの前から姿を消した。

●

冬の終わりの日差しが、室内を明るく照らしていた。

エリオルは明るい金色の髪を耳に掛《か》け、手にした本のページをゆっくりと捲《めく》る。静かな邸内《ていない》には、ほとんど物音がしない。それもそのはずで、この屋敷《やしき》にはエリオルの他《ほか》にはほんのわずかな使用人しか勤めていなかった。

エリオルの母が亡《な》くなって二年。最近は戦時下ということもあり、元から少なかった使用人は更《さら》に減っている。

積極的に増やそうとも思えず、執事《しつじ》が必要だと思うならば、と人事の裁量を全《すべ》て渡《わた》したままにしていた。

エリオルの生活は、母の死後もほとんど変わりがない。

たった一つ変わったことと言えば、自分の裁量でほんの何冊かではあるが本を購入《こうにゅう》できたことだろう。おかげでジュードの使っていた言葉がロードリア王国のものであったことが分かったし、獣人《じゅうじん》についての知識などを増やすことができた。もっとも、獣人を蔑《さげす》むこの国で扱《あつか》っている本である以上、得られた知識が正しいものだとは限らないし、戦争が始まってからはそのような本すら手に入らなくなったけれど……。

その他は自室を移ることもなく、母の生前と変わらぬ部屋に暮らしている。自分を閉じ込める檻《おり》に自ら閉じこもったままだ。だが部屋を出ても屋敷という一回り大きな檻があるだけであり、どれだけ広く贅沢《ぜいたく》であっても、慕《した》う心などわずかにも持たない母の使っていた部屋よりは、ここのほうがずっとましだった。

少なくとも、この部屋には思い出がある。自分にとって、唯一《ゆいいつ》の、幸福と言える思い出が。

ジュードがいたあの季節から、もうすぐ十四回目の春が来る。エリオルは二十一歳になっていた。

文字を目で追いながら、エリオルの指は項の段差を辿《たど》る。それはもう癖《くせ》になってしまった仕草だ。伸《の》ばした髪で隠したその噛み跡《あと》が、獣人の番の証であることをエリオルはもう知っていた。

痛みなどあるはずもないのに、この季節になると妙《みょう》に疼《うず》くような気がして、触《ふ》れる頻度《ひんど》は高くなる。

このままずっと、この噛み跡と約束を抱《かか》えて漫然《まんぜん》と生きていくのだろうと、そう思っていた。

――――けれど。

「……？」

どこかで声が聞こえた気がして、エリオルは本から顔を上げた。いつも静かな邸内に、似つかわしくないざわめきを感じて首を傾げる。

誰《だれ》か来たのだろうか？

ほんの一瞬、ジュードのことが脳裏《のうり》に浮《う》かんだけれど、そんなはずがないことはさすがに分かっている。獣人への差別は、ここ数年でますます酷《ひど》くなった。戦争の相手がジュードの母国であり獣人の国である、ロードリアであるためだ。

けれど、それならば誰だろう？

――まさか、敵襲《てきしゅう》？　いや、それにしては静かすぎる。

何かが壊《こわ》れるような音がするわけでもない。それに、この地はずっと戦火からは遠かった。ロードリアとの国境に近い場所ではあるが、その国境が夏にも雪が溶《と》けきることのない峻厳《しゅんげん》な山々であるためだ。そこを越《こ》えるのは、獣人の体力をもってしても難しいのだろう。

そんなことを思ううちに、聞き慣れない重い足音と金属音が近付いてくることに気付いた。

それも一つではない。

一体何が起こっているのだろう？　さすがに緊張《きんちょう》に体を強《こわ》ばらせたエリオルの耳に、ノックの音が届く。

「…………はい」

返事が遅《おく》れたのは、いつもならばノックもないか、したところで返事など待たずにドアを開かれるからだ。

屋敷のものではないのか？　そう思ったのと、ドアが開いたのはほぼ同時だった。

銀色の甲冑《かっちゅう》に光が反射する。そこにいたのは、全身甲冑に覆われた男だった。男はエリオルの姿を認めると、淡々《たんたん》とした口調で告げる。

「第三王子殿下《でんか》、陛下の命にて、お迎《むか》えに上がりました」

それは、この漫然とした暮らしを終わらせる言葉だった。


昔は自分の立場があまりよく分かっていなかった。

父が『陛下』と呼ばれる存在であること。

母が父や大勢の大人に疎《うと》まれて、自分と二人で城を出され、与《あた》えられたこの屋敷で暮らすようになったこと。

自分が生きていれば、屋敷で暮らすだけの金が与えられるのだということ……。

ジュードに出会った頃《ころ》にエリオルが認識《にんしき》していたのは、これだけだった。

けれど、長じるにつれ、わずかずつでも情報は折り重なり、今となってはほぼ正確に認識できている。

母はもともと、国王である父と結婚《けっこん》できるほどの身分にはなかった。だが、それでもエリオルを出産したことによって、しばらくは城内に部屋を与えられていたようだ。

しかし、そこで城付の侍女《じじょ》への暴力や暴言、度を越えた散財、禁止区域への侵入《しんにゅう》など目に余るような行為《こうい》を繰《く》り返し、最終的には正妃《せいひ》に対する不敬罪に問われて、エリオルと共にこの辺境にある王家所有の屋敷に追放処分となった。エリオルの王位継承権《けいしょうけん》も、そのときに剝奪《はくだつ》されたらしい。

母が亡くなったときも、父は姿を現すことはなく、ただ文官の一人が今後のエリオルの処遇《しょぐう》について告げに来ただけだった。

もっとも、あとから思うと、その頃フルブスクはロードリアとの開戦を控《ひか》えていたため、廃《はい》嫡《ちゃく》した王子の扱いなどに拘《こだわ》っている暇《ひま》はなかったせいもあるのだろう。

そして、迎えだと言って訪《おとず》れた騎士《きし》によって、先頃、フルブスクの敗戦で戦争が終わりを迎えたことを知った。

その状況《じょうきょう》での父――国王からの召喚命令《しょうかんめいれい》。いい予感など一つもしない。王族の一人として処刑《しょけい》されるためである可能性が一番高いのではないだろうか。だからといって、逃《に》げ出すこともできなかった。

馬車で六日掛けてたどり着いた王城の廊下《ろうか》を歩きながら、エリオルはため息を飲み込む。慣れない馬車での旅で、エリオルの体はボロボロだった。何度か回復魔法《まほう》をかけられてはいたけれど、長年閉じこもって生活していた体は、他人が想定する以上に虚弱《きょじゃく》だったということだろう。案内役の男に付いていくのも、精一杯《せいいっぱい》だった。

――それにしても……。

ここに来るまで、馬車から外の様子をうかがうこともできなかったため、王都がどうなっていたかは分からない。だが、城の中は幼少期の記憶《きおく》に比べて明らかにざわついている。何より違《ちが》うのは、あちらこちらに獣人の姿があることだ。文官らしき服装のものもいるが、中には腰《こし》に剣《けん》を差しているものもいた。本当に、この国は負けたのだと、改めて感じる。

連れて行かれたのは、謁見《えっけん》の間ではなく、執務《しつむ》室らしき部屋だった。静かに開かれた扉《とびら》から中に入ると、エリオルは深く頭《こうべ》を垂れる。やがて頭を上げるよう声をかけられた。

そこにいたのは、父親であるはずの存在だったが、こうして見てもほとんど記憶にない。エリオルの顔立ちは母親似であり、唯一父の血だと感じるのは瞳《ひとみ》の色くらいだろう。

もちろん感慨《かんがい》など抱《いだ》きようもなかった。それは相手も同じだろう。エリオルを見つめる瞳に温かみは感じられない。いやむしろ、嫌悪《けんお》すら滲《にじ》んでいる気がした。同時に、酷く疲《つか》れ切った顔をしているように見えるのは、敗戦によるものか。それとも、その斜《なな》め後ろに立つ獣人の存在によるものか……。

「そなたの縁談《えんだん》が決まった」

「……縁談、でございますか？」

思わぬ言葉に、エリオルは眉《まゆ》を寄せそうになったが、どうにか堪《こら》えた。

「相手はロードリアの王、ヴォルフガング・ロードリア……陛下だ」

続いた言葉に混乱が深まる。ロードリアの王と自分が？　何かの間違いではないのか？

「出発は明朝となる。王族として国のために役に立つことだ」

その言葉に、今更《いまさら》何を言うのかと思う。だが、勅命《ちょくめい》である以上、断れるわけもない。断ったところで、無理矢理《むりやり》にでも送られるか、反逆者として処分されるかの二択《にたく》だろう。

それに、自分の生活がこの男――ひいては国によって支えられていたことは、間違いのない事実だ。自分の血の半分が、この男のものであることも……。

そして王族である以上、国の意思決定に従うのは当然のことだという意識くらいは、エリオルにもある。

「……拝命いたします」

項《うなじ》の嚙《か》み跡が鈍《にぶ》く疼いた気がしたが、それに蓋《ふた》をして、エリオルは深く頭を垂れた。

本当に話はそれだけだったのだろう。五分にも満たない、一方的な命令を下されただけの謁見は終わり、エリオルは別室で説明を受けることになった。

客間の一つなのだろうか。造りとしては、自室とそう変わらない部屋へ案内された。現れたのは、見覚えのある文官だった。

母の死後に屋敷《やしき》へとやってきた男だ。

「お久しぶりでございます」

「……ええ。母の件では世話になりました」

ソファを勧《すす》め、向かい合って座る。

「まず、先方からの要請《ようせい》で、殿下には明朝すぐに、ロードリアへ向かっていただくことになっています」

「あ、あの、その前に、訊《き》いておきたいのですが」

「なんでしょうか？」

男は話の腰を折られたことにわずかに眉を寄せたが、一応はそう訊いてくれた。

「どうして、私が選ばれたのでしょうか？　縁談と聞きましたが、ロードリアの王は女性なのですか？」

「いいえ、国王は男性です。ですが、これは先方からの要望ですので、なんら問題ないことと思います」

「先方からの要望……」

男でもいいということだろうか。確かにこの国には未婚《みこん》の王女はいない。二人いた王女はどちらもこの戦争よりも前に他国へ嫁《とつ》いでいたはずだ。

人質《ひとじち》としての意味で嫁ぐのならば、男であっても構わないということなのだろう。そして、そうであるならば、自分が最もこの国にとって痛みのない選択であったことは間違いない。

だが……。

彼らは知らないのだ。この文官はもちろん、父も、そしてロードリアの王も、自分がすでに別の獣人《じゅうじん》による番《つがい》の証《あかし》を、この身に持つということを……。

それは大丈夫《だいじょうぶ》なのだろうか。今ここで、この男に言うべきなのではないか？　しかし、言ったところでどうなるのか。

自分が使えない駒《こま》であること、そしてそれがすでに獣人と通じたからであることを知られれば、極刑もあり得るだろう。

それならばまだ、ロードリアの要望であるという言葉を盾《たて》に嫁いだほうが、ましな結果になるような気もする。

誠実ではない考えかもしれないが、そもそも人質の上、男ならば閨事《ねやごと》など求められないだろうし、項を確認されることすらないかもしれない。ロードリア側も、まさかフルブスクの第三王子が獣人と番《つが》っているなどと考えてもみないことだろう。

国王は男だというし、エリオルは敗戦国の第三王子であり、なにより獣人ではなく人間なのだ。しかも、長く獣人を差別していたフルブスクの王族である。戦勝国であるロードリアの国王が、エリオルを正妃に、ましてや番にすることなどないだろう。

「私は、向こうでどのような立場になるのでしょう？　正妃として立てということでは、ないとは思いますが」

「おそらくそれはないでしょう」

念のために確認すると、文官は曖昧《あいまい》に言葉を濁《にご》した。その点についての明言はなかったということだろう。ただ、フルブスクの王子をロードリア国王に嫁がせるようにというだけで……。

「……分かりました」

側妃か妾妃《しょうひ》かは分からないが、自分の役目が人質であることを疑う余地はないように思う。それならば、国王に見《まみ》えることがあるかすら怪《あや》しい。着いた途端《とたん》に牢《ろう》に放《ほう》り込まれ、捕虜《ほりょ》のような扱《あつか》いを受ける可能性のほうがよほど高い。それはそれでおそろしいけれど、すでに番がいることが露見《ろけん》するのと、どちらがよりおそろしいことなのか、エリオルには判断がつかない。

だが、それでこの首が落ちるというならば、仕方がないことのようにもエリオルには思えた。

自分はもう、ジュードを待つことができない。彼の番であるのに、別の男に嫁ごうとしている。それがたとえ人質としてであっても、ジュードにとっては酷《ひど》い裏切りであることは間違いなかった。

それだけで、自分が断罪される理由は十分だろう。ジュードの番であることを理由に死ぬのならば、諦《あきら》めもつこうというものだ。

むしろ、万が一にも相手がそれでもいいと、エリオルを番に望むようなことがあれば、そのほうがエリオルとしては辛《つら》いことにすら思えた。

「では、説明を続けさせていただきます」

そう言った男の言葉を遮《さえぎ》ることはせず、エリオルはこくりと頷《うなず》く。

「明日の朝王都を出て、ザカリー港へと向かいます。到着《とうちゃく》は二日後。ザカリー港にロードリアから迎《むか》えの船が来ているはずですから、そちらに乗り換《か》えていただいて出国となります」

「分かりました。……支度《したく》はどうなりますか？」

「ザカリー港で調《ととの》えていただきます。港までは従者を一人つけますので、その者に任せてください」

その言葉に頷くと、文官はさっと立ち上がった。

「では、明朝まではこのままこの部屋でお過ごしください。ドアの外に兵がおりますので、何かあればその者に言うといいでしょう。ああ、風呂《ふろ》の支度はすぐにさせます。済み次第《しだい》食事も運ばせますので」

見張りがついているということかと思いつつ、エリオルはその言葉にもただ頷いて、男が部屋を出て行くのを見送った。

そして、一人になると、大きくため息を零《こぼ》す。

「まさか、こんなことになるとは……」

ぽつりと零れた声に疲労《ひろう》が滲《にじ》む。

だが、もうなにも考えたくない。

やがてバスタブが運び込まれてくるまで、エリオルはただぐったりとソファに沈《しず》み込んでいた。

これまで袖《そで》を通したことのあるどれよりも煌《きら》びやかな服に包まれて、エリオルは馬車を降りる。

シルクの手袋《てぶくろ》も、広い袖口からレースが零れる上着も、華美な装飾《そうしょく》を施《ほどこ》されたブーツも、なにもかもが慣れなくて、落ち着かない。ほんの少し、足の小指が痛む。形ばかり立派だが、エリオルに合わせて作られた靴《くつ》ではないし、十何年も、室内で楽な靴ばかり履《は》いていた足の皮はすっかり薄《うす》くなっている。

潮を含《ふく》んだ港の風は、エリオルには馴染《なじ》みのない香《かお》りがした。大きな白い鳥がみゅうみゅうと鳴きながら青空を舞《ま》っている。

丁寧《ていねい》に梳《くしけず》られた鎖骨《さこつ》の下ほどの長さの髪《かみ》は、エリオルの希望でハーフアップにまとめられていた。深く頭を下げても、項が露《あら》わにならないように……。

幸い、この国に獣人に詳《くわ》しい者は多くない。エリオルの支度を調えた侍女《じじょ》たちも、項の噛《か》み跡《あと》が獣人の番の証だとは知らないようだった。ただ、目立たぬようにとそこにも白粉《おしろい》をはたいただけだ。

ほんの十日ほど前までは、こんなことになるなんて考えてもみなかった。傷を隠《かく》すために伸《の》ばしていた髪だけれど、そんなことをせずともエリオルに興味を持つ者など誰《だれ》もいない。気付かれることなどないと思っていた。

だが今後のことを思うと、不安に背筋が寒くなる。無意識に項《うなじ》の傷に触《ふ》れそうになって、エリオルはぎゅっと手のひらを握《にぎ》りしめた。

もしも、ロードリアの国王がエリオルを本当に伴侶《はんりょ》に——番にするつもりならば、この傷のことは早々に、そして間違《まちが》いなくばれてしまう。

だが、希望がないわけではない。それが本当に希望と呼べるものなのかは、分からないけれど……。

視線の先には、考えていたよりもずっと大きな船が停泊《ていはく》していた。

白い帆船《はんせん》は三本の大きなマストの帆《ほ》を畳《たた》んだ状態で、静かな海に浮《う》かんでいる。荒《あ》れているのはエリオルの心の内だけだ。

帆船に乗り込むためのボートにまで、美しい装飾が施されているのを複雑な思いで見つめながら、エリオルはボートに乗って地上を離《はな》れる。

船に乗るのは人生で初めてだった。ゆらゆらと揺《ゆ》れるボートの上に立ち上がることすら難しい。獣人の船員の手を借りてどうにかタラップへと移り、甲板《かんぱん》に上がる。

酷く緊張《きんちょう》していたが、顔を上げた途端、視界に入った風景に意識を持って行かれた。

「すごい……」

水平線が見える。高い位置にある太陽に照らされた海面が、光を反射して輝《かがや》く。

いくつもの船が、港の中に整然と並んでいる様子がよく見えた。振《ふ》り返れば、眼下には街の景色があり、その間を人々が行き交《か》っている。この港も戦《いくさ》による被害《ひがい》を受けたのだろう。建物ではなくテントが張られている場所も、まだ焼け焦《こ》げたままの建物もある。それでも、不思議と活気があった。

船の大きさを考えれば当然だが、甲板は随分《ずいぶん》と高い場所にある。エリオルがずっと目にしていた北側の狭《せま》い庭では決して見られない広い世界を思わせる景色が、そこにはある。

ゆっくりと、船が陸を離れていく。

出航の様子を、息を呑《の》んで見つめていたエリオルだが、しばらくして船員の男を待たせていることに気付いてわずかに頬《ほお》を染める。

「すみません、夢中になってしまいました……」

「い、いいえ、構いません」

船員は、エリオルがロードリア語で話しかけたことに驚《おどろ》いたようだった。エリオルのほうは、その返事から、どうやらちゃんと伝わったようだと内心安堵《あんど》する。もちろん、船員の言葉も理解できた。

ジュードがいなくなってからもずっと練習していたけれど、発音が合っているかを教えてくれる相手がいなかったため、自信がなかったのだ。

「もうよろしいのですか？」

「はい。お待たせしました」

やはりロードリア語でそう言って頷くと、船員は、ではこちらへ、とエリオルを階段へと導いた。そうして、階段を下り、しばらく船内を歩いたのち、案内されたのは突《つ》き当たりの扉《とびら》だ。

そこで船員が扉をノックしたことに、エリオルは内心驚いた。てっきり、自分が過ごす部屋へと案内されているのだとばかり思っていたからだ。

「お連れしました」

ノックのあと、船員がそう声をかけると中から応《こた》えがあった。やはり、中に誰かいるようだ。

どうやら船員の手がドアを開き、エリオルに入室を促《うなが》す。

船員の役目はここまでのようだ。エリオルは覚悟《かくご》を決めて、室内へと足を進める。

中にいるのがどういった人物なのかは聞いていないが、可能性としては船長だろうか。

本来ならば、実情はともかく一応は王子であるエリオルが、かしこまらなければならない相手などほとんどいない。だが、エリオルの立場は非常に微妙《びみょう》なものであったし、そもそも堂々と振る舞《ま》うことはエリオルには難しい。

今も、相手の顔を見ることもできずに視線は下を向いていた。

「エリオル」

緊張に息を詰《つ》めていたエリオルは、掛《か》けられた声にびくりと肩《かた》を揺らした。もちろん、聞き覚えなどない声だ。だが、名前を呼び捨てられたことに驚いて、思わず視線を上げる。

「え……」

そこには、獣人《じゅうじん》が一人立っていた。

この船はロードリアの船だ。ここにいるのが獣人であることは、もちろんおかしな話ではない。先ほどの船員も、当然獣人だったし、他《ほか》にすれ違った者たちもそうだ。けれど、エリオルが驚いたのは、彼が獣人だったからではない。

その獣人は銀色の髪と耳に、琥珀《こはく》に見える瞳《ひとみ》をしていた。きっと日の下では、その瞳は金に見えるだろう。

そして、それらの特徴《とくちょう》を除いたとしても、その男は明確に、思い出の中の……誰より大切な少年の面影《おもかげ》を残している。

「エリオルでしょう?」

フルブスク語だ。もう一度名前を呼ばれ、手を伸ばされても、エリオルは動けなかった。ただ、ひたすらに男の顔を見つめる。

頭はまだなにも理解できていないのに、なぜか鼻の奥がツンとして、じわりと眼球が湿《しめ》り気を帯びる。

「会いたかった……」

万感《ばんかん》の思いを込めた声が耳に届いて、ぞくりと全身が震《ふる》える。自分だって、会いたかった。

そう思ってからようやく、この男がジュードであることを心から理解した。

自分より低かった背も、痩《や》せた体の割にふっくらしたところの残る頬も、少年らしい高さの声色《こわいろ》もない。

けれど、間違いなく、彼はジュードだとエリオルは確信できた。

くしゃりと顔が歪《ゆが》み、頬を涙《なみだ》が滑《すべ》り落ちる。

「ジュ……ド……生きて……」

生きていた。生きていてくれた。

それだけで胸がいっぱいになる。

満月を見るたびに、帰った場所は安全なのだろうかと不安になった。あの満月の夜、危なくないのかと訊《き》いた自分に、ジュードは頷《うなず》いてくれなかったから……。

ジュードはもう、この世にいないのではないかと考えると、胸が潰《つぶ》れそうだった。戦争の相手が、ロードリアだと聞いてからは、不安はいや増すばかりで……。

いつからか、彼が生きているのなら、自分を迎《むか》えになど来なくてもいいとすら思っていた。この世にいないから来られないのだと思うより、遥《はる》かにましだったから。

「あっ……」

こちらに伸びてきた手が、エリオルを引き寄せ、抱《だ》きしめた。子どもの頃《ころ》とは全然違う、自分より大きな体にすっぽりと包まれてしまう。

どこか懐《なつ》かしい匂《にお》いがして、エリオルはくん、と鼻を鳴らす。雪に閉《と》ざされた部屋のベッドの中で、暖まった空気に混ざっていた匂いだ。

ぎゅうぎゅうと、自分に抱きついてきた温かい体。少し湿った手のひら。そんなものまでが、戻《もど》ってきた気がした。

昔は、自分のほうが大きかったのに……。

「よかった……」

エリオルは言葉と共に安堵の息を零《こぼ》す。

けれど、どうしてジュードがここにいるのだろう？

身につけているのは、かっちりとしたロングコートで、腰《こし》には長剣《ちょうけん》を佩《は》いていた。ひょっとすると、護衛の騎士《きし》か何かなのだろうか？　いや、船員の先ほどの態度からして、この船の船長なのか……。

そう考えてから、ようやく我に返る。

同時にざっと血の気が引いた。

「――は、なして……っ」

エリオルは咄嗟《とっさ》に身を捩《よじ》り、その腕《うで》から逃《のが》れようとする。自分は国王に嫁《とつ》ぐためにやってきたのだ。ここにはジュード以外の人影《ひとかげ》はなかったように思うが、だからといって国王を裏切るような真似《まね》はできない。

だが、ジュードの腕の力は強く、非力なエリオルでは抵抗《ていこう》にすらならなかった。

「放したくありません」

「っ……」

その上、辛《つら》そうに囁《ささや》かれて、エリオルはぐっと唇《くちびる》を噛《か》んだ。

本当は自分だって、離れたくない。もうずっと、こうしてジュードとくっついていたいと思うほどだ。

けれど……。

「ごめん、ジュード……ごめんなさい……」

どうあっても放してくれそうにないジュードに、エリオルは抱きしめられたまま謝罪の言葉を口にする。

「どうして、謝るのですか？」

「どうしてって……ジュードだって、ここにいるのだから分かっているだろう？　僕は、ロードリアの国王陛下に嫁ぐために来た。きみの……番《つがい》なのに」

そう言った途端《とたん》、もう一度涙が零れる。

けれど、エリオルのその言葉に対するジュードの反応は思ってもみないものだった。

「……まさか気付いていなかったのか」

ぽつりと落とされたのは、ロードリア語だ。それから、くすりと笑い声がした。

強く抱きしめていた腕の力が緩《ゆる》み、ジュードがエリオルの顔をのぞき込む。唇が目尻《めじり》に残った涙を拭《ぬぐ》うように触《ふ》れた。

そうして、ゆっくりと微笑《ほほえ》む。

「私がその国王ですよ」

「………え？」

何を言われたのか分からなかった。

私がその国王ですよ？

私、というのは当然だがジュードのことだろう。そして、その国王、というのは、話の流れからすると、エリオルが嫁ぐことになっているロードリアの国王のこと……。

つまり、ジュードが国王？

そこに思考が行き着いてなお、エリオルは首を傾《かし》げる。

「ロードリアの国王陛下？」

「ええ」

「御名《みな》はヴォルフガング・ロードリア陛下だと聞いたけど……」

「ああ、なるほど。戴冠《たいかん》と共に新しい名を付ける慣習があるのです。ヴォルフガング・ジュード・ロードリアが正式な名になります。それが伝わっていると思っていたのですが」

伝わっていない。まったく伝わっていなかった。

「すみません。驚《おどろ》かせてしまいましたね」

ジュードは呆然《ぼうぜん》としたままのエリオルの頬《ほお》をやさしく撫《な》で、謝罪してくれたけれど、もちろん責められるべきなのは、フルブスク側である。敗戦した側だというのに、まさか国王陛下の名前が正しく伝わっていないとは。負けてなおロードリアを侮《あなど》っているのかと思うと、目眩《めまい》がする。

あのとき室内にいた獣人もなぜ訂正《ていせい》してくれなかったのか……。いや、責めるべきは彼ではないが。

「申し訳、ありません……」

謝罪するしかないエリオルに、ジュードは気にしなくていいと微笑む。

「むしろ、謝罪するのは私のほうです」

「どうして？」

心底不思議に思い、ぱちりと瞬《しばた》いたエリオルにジュードは苦笑《くしょう》する。

「迎えに行くと言ったのに、国を離《はな》れていることを知られるわけにはいかず、ここであなたを待つことしかできなかった。その上、こんなにも時間がかかってしまいました。きっと失望させてしまいましたね」

「そんな、そんなこと……ここまで来てくれただけで十分過ぎるくらいだよ」

ジュードの言葉に、エリオルは慌《あわ》てて頭《かぶり》を振《ふ》る。

「本当に？」

「うん」

「でも、エリオルは私ではない男のものになるつもりだったのでしょう？」

少しだけ意地の悪い笑《え》みを浮《う》かべるジュードに、エリオルはハッとして視線を彷徨《さまよ》わせる。

だが、ジュードの言うとおりだった。決して本意ではなかったとはいえ、それは間違《まちが》いなくジュードを裏切る行為《こうい》だ。

「ご、ごめんなさい……」

「謝らないでください。でも、他《ほか》の男に嫁いで、ここを――」

「ん……っ」

するりと髪《かみ》の下に潜《もぐ》り込んだジュードの手に項《うなじ》を撫でられて、エリオルは小さく体を震わせる。

「見られたらどうなるか、考えなかったのですか？」

少し怖《こわ》いくらいに真剣な目で見つめられて、エリオルは迷いながらも口を開く。

「……考えたよ。けど、人質《ひとじち》なのだから、おそらく大丈夫《だいじょうぶ》だろうと思ったし……」

項を撫でるジュードの手に、そっと手を重ねる。

「もしも見つかって殺されるなら、それでもいいって、思ってた。それがジュードを裏切ることに対する罰《ばつ》ならば、いくらでも受けるつもりだったよ」

「エリオル……」

ジュードが驚いたように目を瞠《みは》る。それからぐっと項を引き寄せるようにされて、唇が塞《ふさ》がれた。

最後の夜にそっと触れた唇を思い出す。けれど、一度離れた唇は足りないというように、すぐにまた重なった。一度目よりも、ずっと深く……。

「ん……んぅ……っ」

唇の間から、舌が入り込んできた。どうしていいか分からずに縮こまる舌に、ジュードの舌が絡《から》みつく。誘《さそ》い出された舌をじゅっと吸われて、びくりと肩《かた》が震《ふる》えた。なんだか、体がぞわぞわとして仕方がない。息が苦しい。

やがて唇が離れたときには、エリオルは息も絶え絶えで、ぐったりとジュードにもたれかかっていた。

「あなたが私の番だと、確かめさせてくれますか？」

首筋の傷が見たいということだろうかと、ぼんやりと考えて、エリオルはためらうことなく頷《うなず》く。途端に、ジュードに抱《だ》き上げられて、奥のベッドに下ろされた。

きっと、体に力が入らなくなってしまった自分を思いやってくれたのだろう。そう思いながら、エリオルは上半身を捻《ひね》り、髪をかき上げる。

「見える？」

「はい？」

「噛み跡《あと》を、確認《かくにん》したいんだろう？」

不思議そうにしているジュードに、エリオルは首を傾げた。

「――くっそ、かわいいな」

ロードリア語で吐《は》き捨てるように言われて、エリオルは混乱する。罵倒《ばとう》とかわいいを同時に言われた気がする。

ひょっとして、自分の言語学習が足りていないのだろうか？　何か間違った解釈《かいしゃく》をしているのかもしれない。

「ジュード？　なにか、あの、間違えたかな？」

困って見つめると、ジュードの頬が少し赤いことに気付いた。

「熱でもあるの？」

心配になって体を起こし、その頬に触れる。少し熱い気がしたけれど、すぐにその手はジュードに掴《つか》まれて、頬から離されてしまった。

「エリオルは、あのあともずっと、あの屋敷《やしき》にいたんですか？」

「え？　う、うん。そうだけど……」

突然《とつぜん》どうしたのだろうと思いつつも頷く。

「あの部屋から出ずに？」

「そう……だね。ほとんど出なかったよ」

「――怒《おこ》るべきか、感謝するべきか迷うところだ」

「え？」

またロードリア語だ。なんとなく、ジュードはロードリアでは少し乱暴というか、簡素というか、敬語ではない言葉で話すのだなと思う。

きっとそちらが素《す》なのだろう。もうロードリアに嫁《か》するのだし、そちらの言葉で話してくれていいと言おうとしたが、それより先にジュードが再び口を開いた。

「あなたに変わりがなくて、嬉《うれ》しいんです。けれど、そんなにも長く閉じ込められていたと思うと痛ましいとも思います」

なるほど、先ほどの言葉はそういう意味か、と思う。

けれど、熱があるか尋《たず》ねたことで、なぜ自分に変わりがないと判断されたのかはいまいち分からなかった。

「エリオルは、番《つがい》がどういうものか分かりますか？」

「それは、その……人間でいう、伴侶《はんりょ》、だろう？」

それくらいは、調べたから分かっている。ジュードがいなくなってから、そうだったと知って、とても嬉しかった。

「ええ、そうです。本当はもっと、根源的なものですが……本来人間族にはない概念《がいねん》ですからフルブスクの書物では、伴侶を噛み跡をもって番などと称するのは、獣人が獣に過ぎない証拠《しょうこ》だと誹謗《ひぼう》していた。もちろん、エリオル自身はそんなことは思っていないが、ジュードの言からして単なる伴侶ではないようだ。

「もっと深い、ということ？」

「はい。でも、今はその話がしたいわけではないんです」

そう言うと、ジュードはエリオルの耳に唇《くちびる》を寄せる。

「あなたと、伴侶でなければしないようなことをしたい。許してくれますか？」

囁《ささや》くような声で言われて、エリオルはようやく言葉の意味に気がついた。

頬が熱くなるのを感じて、そうか、先ほどジュードの頬が熱かったのも、このせいだったのかと思う。それに対して、熱があるのではないかなどと言った自分は、子どもの頃《ころ》と変わらないと言われても仕方がなかった。

だが、男女の営みとしてならまったく知識がないわけではないのだ。自分には縁《えん》がないと思っていたし、閨《ねや》教育のようなものももちろんなかったから、細部は知らないのだけれど。

「あ、あの、でも、それって、その……結婚《けっこん》した夜に、するんじゃ……」

「私たちが番になったのは十四年も前です。遅《おそ》すぎるくらいです」

確かに、言われてみればそうだ。

結婚式の夜に初めて行うというイメージだったけれど、番は伴侶になることよりも深い意味を持つというならば、自分たちは随分《ずいぶん》と時間を掛《か》けたことになる。

「でも……」

「いやですか？」

ジュードの耳がしょんぼりと伏《ふ》せているのを見て、エリオルは慌てて頭《かぶり》を振る。

「そうじゃなくてね、あの、フルブスクでは同性の婚姻《こんいん》は認められていないから、よく分からなくて……男女のことはほんの少し、書物に書かれていたんだけど、あの、男同士の場合、どうするのかなって……」

羞恥《しゅうち》のあまりしどろもどろになりつつもエリオルがそう言うと、ジュードは大丈夫だと言うように大きく頷く。

「エリオルは全部、私に任せてくれればいいですから」

嬉しそうにそう言われて、エリオルはほっと胸を撫《な》で下ろした。

「ああ、でも……少しだけ、痛いかもしれません。ここを噛んだときみたいに」

そっと項に触《ふ》れられて、思い出す。

あのときも、痛いと言われたのだ。けれど……。

「ジュードなら、いいよ。痛くしても……いいよ」

あのときと同じ答えを口にしたエリオルに、ジュードは蕩《とろ》けるように笑みを浮《う》かべた。

「その答えが、もう一度聞きたかったんです」

そう言うと、ジュードはエリオルをベッドにゆっくりと押し倒《たお》す。

「あ、あの、服は、脱《ぬ》がなくていいの？」

「私が脱がしますから、エリオルはじっとしていて大丈夫ですよ」

「うん……」

そういうものなのか、と納得《なっとく》して、エリオルはジュードの大きな手が、自分の服のボタンを外していくのを見つめる。そして、ふふ、と小さく笑った。

「どうしました？」

「ジュードの手、大きくなったなぁって思って。昔も手は僕よりちょっと大きかったけど……今は全然違《ちが》う」

背は自分のほうが少し大きかったけれど、手足はジュードのほうが大きかったのだ。

懐《なつ》かしさにふわりと微笑《ほほえ》むと、ジュードはぐぅ、と喉《のど》を鳴らす。

「ジュード？」

「あまりかわいらしいことを言われると、我慢《がまん》できなくなるでしょう……!?」

かわいいことを言ったつもりなどなかったエリオルは、その言葉に首を傾《かし》げた。正直よく分からない。けれど……。

「よく分からないけど、我慢とかしなくていいよ？」

「あー……」

ジュードは両手で顔を覆《おお》うと一度天井《てんじょう》を仰《あお》いだ。嘆《なげ》かれている気がして不安になったが、ジュードはすぐに再びエリオルに覆い被《かぶ》さってきた。それから、先ほどまでより少し乱暴な仕草でエリオルの服を剝《は》いでいく。

腕《うで》を曲げたり腰《こし》を上げたりして、エリオルも少しだけ協力したけれど、それにしても驚《おどろ》くような早業《はやわざ》だった。

「ジュードは脱がないの？　僕が脱がしたほうがいいのかな」

エリオルは自分のことは自分でしてきたから、当然ジュードの服を脱がすこともできる自信がある。もちろん、ジュードがしたほどの速さではできないだろうけれど……。

ジュードはなにも答えないまま、ボタンが無事なのか心配になるほど乱雑にベストとシャツを脱ぎ捨てた。

「すみません、まずは、触れさせてください」

下を脱ぐ前にそう言われて、エリオルはこくんと頷く。ジュードがそうしたいというなら、エリオルに否《いな》やはなかった。

まずはというようにぎゅっと抱《だ》きしめられて、裸《はだか》の胸が重なる。酷《ひど》く安心する心地《ここち》で、エリオルは息を吐《は》き、これくらいは許されるだろうかと思いつつ、随分と広くなった背中に腕を回した。ぎゅっと抱きしめると、ジュードの鼓動《こどう》が速くなっていることに気付く。同時に、太ももの辺りにごりっと硬《かた》いものが触れて、エリオルはぱちりと瞬《しばた》いた。

「あ……」

そして、それがなにか気付いた途端《とたん》、頬《ほお》がわずかに熱くなる。自分の鼓動も少し速くなっている気がした。

ジュードが身を起こし、エリオルを見つめる。視線が合わなくなるほど顔が近付いても、二人とも目を閉じなかった。唇が重なって、ようやくエリオルはそっと瞼《まぶた》を下ろす。

けれど、キスに耽溺《たんでき》するより前に、ジュードの手が腰に触れた。

「ん……っ」

脇腹《わきばら》の弱いところを撫で上げられて、ぴくりと体が震《ふる》える。歯列を割って入ってきていたジュードの舌を甘噛《あまが》みしてしまったことに気付いて、慌《あわ》てて口を開くと、もっとキスが深くなる。

そうしながらも、ジュードの手はエリオルの肌《はだ》を容赦《ようしゃ》なく撫で回した。

「んぅっ」

胸の辺りを抓《つね》られて、子犬のような声が鼻に抜《ぬ》ける。痛いわけではない。けれど摘《つ》まんだ指でふにふにと、何かを確かめるように揉《も》まれるうちに、くすぐったいような、痺《しび》れるような、よく分からない感覚が湧《わ》き上がってきた。

その間にも、絡《から》められ引き出された舌を、先ほどの仕返しのように甘噛みされる。痛くはない。けれど、仕返しするということはジュードは痛かったのかな、と思うと申し訳なかった。

宥《なだ》めるように舌でジュードの舌を舐《な》めると、きつく吸われて、舌の付け根がじんと痺れる。

唇がほどかれて、エリオルは荒《あら》い呼吸を零《こぼ》した。

「舌、噛んじゃって、ごめん」

呼吸の合間にそう口にすると、ジュードは軽く目を瞠《みは》る。それから小さく笑った。

「まったく問題ありません」

「だったら、いいけど……」

ちゅっと触れるだけのキスをされて、そのあとは顎《あご》や首筋、耳元に唇が触れる。

「エリオルの耳は、小さくてかわいいですね」

「ん、そ、うかな？　僕は、ジュードの耳のほうが、あっ……す、好き、だけど」

三角で、ふさふさしていて、かわいらしいと思う。

「本当ですか？　嬉《うれ》しいです」

「ひぅ……っ」

耳の中に舌を入れられ、くちゅくちゅと舐められて、首を竦《すく》めた。どうしてそんなところを舐められているのか分からなくて、少しだけ混乱する。でも、ジュードに全部任せればいいという話なのだから、これもきっと必要な過程なのだろう。

「あっ」

胸元《むなもと》を弄《いじ》っていた指がいつの間にか離《はな》れていたことに気付いたのは、足の間に触れられたときだ。

「ああ、少し硬くなっていますね。よかった」

耳元でそう囁《ささや》かれて、慌てて視線を落とす。ほんの少し芯《しん》を持ったそれがジュードの手に包まれていた。

「あ、あぁ……っ」

軽く上下に扱《しご》かれて、気持ちよさに膝《ひざ》を擦《こす》り合わせてしまう。

「ん、気持ち、いい……っ」

口にしたら、ジュードの手の動きが一度止まり、それから速くなった。

「ひ、あ、あっあっ」

びくびくと体が震える。ジュードの手が動くたびに、快感は高まっていく。

エリオルに与《あた》えられた最低限の教育の中には、性に関してのものも少しはあった。だから、起きたときに下着を汚《よご》していても慌てるようなことこそなかったのだが、その反面自ら触れて処理をしたことはほとんどない。

だから当然、こんなふうに触《さわ》られることが、こんなにも気持ちがいいことだなんて知らなかった。

「も、だめ……あっ、ジュード……っ」

「イキそうですか？　いいですよ」

エリオルの言葉に、ジュードは手を止めることなくそう言って、先端《せんたん》から零れ落ちる先走りを広げるように手を動かす。

その上、片方だけぽってりと赤みを増していた乳首《ちくび》に唇《くちびる》が触れた。

「あ、んぅっ」

ちゅっと吸い上げられて、先ほどまで指が散々弄っていたのはここだったのだと分かる。ちろちろと舌で舐められて、ぞわりとした寒気に似たなにかが、ジュードの手に握《にぎ》られたものに伝わっていく気がした。

「あ、だめ……あ、あぁ……っ！」

ぴんと足を伸《の》ばし、ひときわ高い声を上げて、エリオルは絶頂を迎《むか》える。気付くと口からは荒い息が零れていた。体からぐったりと力が抜けている。

「かわいかったですよ」

伸び上がるようにして、ジュードが頰にキスをしてくれた。見ればジュードの手が、自分が出したらしい白濁《はくだく》で汚れていて、羞恥《しゅうち》に頰が熱くなる。

「手、汚して、ごめん」

「汚してなんかいませんよ。これはエリオルが、私の手で気持ちよくなってくれたという証拠《しょうこ》です。嬉しいですよ」

ジュードがいいなら、いいのだけれど……。

「これで、終わり？」

「――いいえ、まだ始まったばかりです」

その言葉に、そうなのかと驚く。自分はすでにこんなにも息を切らしてしまって、体にも力が入らないというのに。ああ、でもそうか。ジュードはまだ出していない。自分だけで終わりなどと思うのは、よくない考えだったと反省する。

「……少し、休めば動けると、思うのだけれど」

「いえ、いいんですよ。エリオルの体に力が入らないほうが、負担が少ないのです。そのためにしたことですから」

その言葉にほっとした。やはり、ジュードに任せておけば問題はなさそうだ。

「本当はもっととろとろにしてあげたいのですが、私も余裕《よゆう》がないので」

とろとろ？　と首を傾げる間に、ジュードの手がエリオルの体をうつ伏《ぶ》せにひっくり返した。腹の下に腕が入ったと思ったら持ち上げられて、柔《やわ》らかいものがそこに入れられる。おそらく枕《まくら》かクッションだろう。

「ジュード？」

「このほうがエリオルは楽なはずですから」

「う、うん……」

ジュードの顔が見えないのは少し不安だが、自分のために考えてくれたのだと思って頷《うなず》く。

ただ、クッションか枕か分からないけれど、腹の下に入れられたものが、先ほど出したもので汚れてしまったのではないかと、それだけが少し心配だった。

ジュードは一旦《いったん》ベッドを下り、すぐに戻《もど》ってくる。

「触《ふ》れますよ」

エリオルが驚《おどろ》かないようにだろう、ジュードは前もってそう口にした。そのあとすぐ、尻《しり》の辺りに手のひらを押し当てられるのを感じる。

「っ……」

そっと押し開かれて、羞恥に頬が熱くなる。直後、濡《ぬ》れたものが窄《すぼ》まりに触れた。

「あ……」

ゆっくりと上下に動かされて、それがなんらかの液体を纏《まと》ったジュードの指だと分かる。何度も何度もゆっくりと撫《な》でられて、そこがくちゅくちゅと音を立てる。時折指が離れたと思うと、もう一度触れる。そのたびに液体を足しているのだろう。

少しだけ指に力が入り、動くたびに指の腹が少しだけ引っかかるような感じがする。正直なところ、一体どうしてそんな場所を撫でているのだろうと思っていたのだが……。

「指を入れますよ」

ジュードにそう言われて、ようやくエリオルは、男同士の場合はここで繋《つな》がるのではないか？　ということに気がついた。きっとそのための準備をしているのだ。ちゃんとがんばらなければ、という気持ちが湧いてくる。

「痛みはないはずですから、力を抜《ぬ》いていてくださいね。ゆっくり息をして」

「うん……あっ」

頷くと、指がほんの少しだけ中に入り込んできた。変な感じはするけれど、確かに痛みはない。

「上手に力を抜けていますよ。そのままゆったりしていてくださいね」

あられもない場所に指を入れられて恥《は》ずかしいという気持ちはあるけれど、ジュードに褒《ほ》められるのは嬉しい。

指は一度抜かれて、けれどすぐに再び入り込んできた。濡れた感覚に、液体を足しているのだと分かる。何度も繰《く》り返すうちに、気付くと最初に入れられたよりも随分《ずいぶん》奥まで指が入り込んでいた。

くちゅくちゅと音を立てて、指が前後に動く。やがて馴染《なじ》んできた頃《ころ》に指が中で曲げられた。

「指を増やしますね」

「……あ……ふぅ……っ」

圧迫感《あっぱくかん》が増え、思わず力を入れそうになって慌《あわ》てて息を吐《は》く。

「痛くないですか？」

「ん……大丈夫《だいじょうぶ》」

痛みはない。少し苦しいような気はするけれど……。

そうやって、エリオルの中をジュードはゆっくりと慎重《しんちょう》に開いていく。変化が訪《おとず》れたのは、突然《とつぜん》だった。

「あぁ……っ！　や、なに……っ」

不意に、指の触れた場所から全身に快感が駆《か》け抜けて、エリオルは大きく目を瞠《みは》る。

「あ、ん……あっ、あぁ……っ」

指がそこを擦るたびに、濡れた声が零《こぼ》れた。力を抜いていなければいけないと思うのに、勝手に中が指を締《し》めつけてしまう。

「そこ、だめ……っ」

「気持ちよくなってきましたね。よかった」

よかった？　本当に？　こんなに力が入ってしまっているのに？

「力、抜けな……あぁっ」

「力を抜いてもらったのは、痛くないようにするためでしたから。気持ちがいいならそれが一番です。気持ちがいいのでしょう？」

「ん、あ、あぁ……っ、気持ち、いい……っ」

エリオルは指をきゅうっと締めつけて、ゆらゆらと腰《こし》を揺《ゆ》らす。

「だいぶ蕩《とろ》けてきましたね。指をまた増やしますから、ゆっくり息を吐いてください」

「ん……」

ずるりと指を抜かれて、少しほっとする。快感が強くて、どうしていいか分からなくなりそうだったから……。

けれど、三本に増えた指の圧迫感の強さに、エリオルは上手《うま》く力が抜けなくて、泣きそうになってしまう。

「は、あ……は、はっ……」

それでもどうにか息を吐くたびに、指が奥へと入り込んでくる。苦しい。けれどやがて指は止まり、先ほどまでと同じくらいの深さまで開かれたのが分かった。

「上手く呑《の》み込めていますよ。痛くはないでしょう？」

「ふ、ぅ……」

言葉にできないまま頷く。確かに痛みはない。圧迫感はすごいけれど……。

「あ……あぁっ」

指がゆっくりと動き出す。苦しいけれど、先ほど気持ちよかった場所を撫でられると、快感がそこに混ざって訳が分からなくなる。

気持ちがいいのと苦しいのが一緒《いっしょ》になって、今自分がどう感じているのか判断がつかない。

けれど、繰り返し指を抜き差しされるうちに、少しずつ苦しさは減って快感が増していく。

液体が足されて、滑りもよくなっていくようだった。

指が中で曲げられたり、開かれたりして、更《さら》にそこが開いていく。やがて、指が完全に抜かれて、エリオルの体が仰向《あおむ》けにされた。

ようやくジュードの顔が見られて、ほっとする。

「ジュード……」

「本当はあのままうしろからしたほうが楽なのですが……顔を見たいので」

この体勢のほうが大変らしいと悟《さと》って、少し不安になったけれど、顔が見たいのは自分も一緒だったので頷く。

ジュードがエリオルの膝《ひざ》の間で、前をくつろげる。

「え……」

取り出されたものが、あまりに自分のものと違《ちが》う気がして、エリオルはぱちぱちと瞬《しばた》いた。獣人《じゅうじん》だからだろうか？　それとも体格の差なのだろうか？　自分より二回りは大きい気がするし、色も形もなんだか違うような……。

ジュードが手にしていた瓶《びん》を傾《かたむ》けて、とろりとした液体をそこに塗《ぬ》りつける。どうやら先ほどまで指が纏《まと》っていた液体はあの瓶のものだったようだ。

ジュードの手が、エリオルの足を大きく開いた。

先ほどまで指で散々開かれていた場所に、ジュードのものが触れる。その熱と、圧倒《あっとう》的な大きさにエリオルは震《ふる》えた。

「大丈夫ですよ。ゆっくり息を吐いていてくださいね」

到底《とうてい》大丈夫には思えなかったけれど、ジュードが言うならばそうなのだろう。

頷いて、そっと息を吐く。けれど……。

「ひ、ぅ……！」

先端《せんたん》部分がくぷりと入り込んできて、エリオルは思わず息を詰《つ》めた。先ほどまでとは比べものにならない質量に、ゆっくりと体の内側が押し広げられていく。

「っ……エリオル、息をしてください」

「っ……は、ぁ……ふぁ……っ」

どうにか息をして力が抜けたと思うと、再び中へ押し込まれる。それでもどうにか、詰めそうになる息を吐くと、また少し奥が開かれて……。それを何度も繰り返し、ようやくジュードの動きが止まったときには、エリオルは息も絶え絶えになっていた。

「分かりますか？　奥まで入りましたよ。がんばりましたね」

そう言われてもまともに喋《しゃべ》ることもできず、頷くことしかできない。それでも、ジュードにがんばったことを認められて口元が緩《ゆる》む。ちゃんとできたのだと思うととてもうれしかった。

エリオルが落ち着くのを待ってくれているのか、ジュードは動かないまま、そっと汗《あせ》で濡れた髪《かみ》を撫《な》でてくれる。圧迫感はあったものの、少しずつ呼吸が落ち着いてくる。

「大丈夫そうですか？」

「ん、大丈夫……」

「ゆっくり動きますから」

ジュードの言葉にうんうんと頷《うなず》くと、そっと触《ふ》れるだけのキスをしてくれた。

「あ……んっ……あぁ……っ」

言葉通り、ジュードはゆっくりと腰を引き、そうしてまたゆっくりと入り込んでくる。中を出入りするものが大きすぎて、苦しい。けれど、ジュードの眉間《みけん》に皺《しわ》が寄っているのが見えて、ジュードも苦しいのではないかと気付いた。

「じゅ、ど……」

「どうしました？」

「苦しい、の？」

震える腕《うで》を持ち上げて眉間に触れると、表情がふっと解《ほど》ける。

「気持ちよすぎて、我慢《がまん》しているんですよ」

「そう、なの？」

エリオルの問いに、ジュードが頷く。

苦しいのでないならいい。けれど、我慢しているのならそれは間違いなく、自分を気遣《きづか》ってのことだろう。

「我慢、しなくていい、よ」

「エリオル……」

「気持ちいいのが、一番、なんだろう？」

さっきそう言っていたと思い出して口にする。

「大丈夫《だいじょうぶ》。さっき、中、ちゃんと気持ちよかったよ」

指で開かれたときも苦しかったけれど、中を擦《こす》られて快感のほうが大きくなった。だから、きっと大丈夫なはずだと思う。それに、なによりジュードに我慢して欲しくなかった。

「んぅっ」

急に、中にあるジュードのものが大きくなった気がして、エリオルは息を呑む。

「あー、くそっ……人がせっかく我慢してるってのに……っ」

ロードリア語でそう言って、ジュードがエリオルをじっと見つめる。

「もう、手加減できませんからね。覚悟《かくご》してください……っ」

その目に獰猛《どうもう》な光を見て、エリオルはわずかに震えた。

「ひ、あっ！」

ずるりと抜《ぬ》き出されたものが、すぐに奥に突《つ》き入れられた。

「あっ、あっ、あぁっ」

先ほどまでとは比べものにならない速さで抜き差しされて、エリオルの口からも押し出されるように高い声が零《こぼ》れる。

太いもので中を擦られて、苦しい。けれど、浅い場所を擦られるときに生じる快感を、エリオルの体は貪欲《どんよく》に拾い上げ始める。

「んっ、あっ、あっ、あんっ」

擦られるたびにきゅっとジュードのものを締《し》めつけてしまう。当然、ジュードもそれに気付いたのだろう。

「ここが気持ちいいんですね？」

「あ、い、いい……っ、きもち、いぃっ」

ぐちゅぐちゅと濡《ぬ》れた音を立てて、浅い場所だけを重点的に攻《せ》められ、あまりの快感に涙《なみだ》が零れた。

「私も、エリオルの中、狭《せま》くて、気持ちがいいですよ」

そう言われて、体が勝手にジュードのものを締めつける。

「あっ、いいっ……ふぁ、あ、あっあっ」

「エリオル……っ」

ジュードの声に、体の奥が震える。

「も、……あっ、出る…っ」

「いいですよ、好きなだけイッてください」

「あっ、あんっ……あぁぁっ」

ぐりっと抉《えぐ》るように内壁《ないへき》を突かれて、触れられてもいなかった場所から白濁《はくだく》が零れる。あまりの快感に目の前がチカチカと明滅《めいめつ》した。

なのに……。

「ひ、ぁっ、あぁっ、まって、あっ、まだ……っ、やぁっ」

イッたばかりできゅうきゅうと締めつけている場所を、ジュードのもので割り開かれ、深い場所へ何度も突き入れられる。

気持ちがよすぎて、おかしくなりそうだった。あれほど苦しかったのが嘘《うそ》のようだ。いや、今だって苦しさはある。けれど、快感がそれを押し流していく。

「あっ、やっ……も、むり……っ、あっあっあっ」

がくがくと揺さ振《ぶ》るように奥を突かれる。腰《こし》から下が、とろとろに溶《と》けてしまっているんじゃないかと思う。

脳裏《のうり》に、とろとろにしてあげたい、というジュードの言葉が浮《う》かんだ。あれは、こういう意味だったのだろうか？

「じゅ、ど……っ、んっ」

「うん？」

「あ、あっ、僕、とろとろに、なって、るっ」

「え？」

ジュードが動きを止めて、エリオルの顔を見つめる。おかげで、エリオルもようやく落ち着いてジュードの顔を見ることができた。

それが嬉《うれ》しくて、エリオルはふにゃりと笑う。

「とろとろに、してあげたいって、言っていたでしょう？　ちゃんと、なれたから……」

荒《あら》い息の合間に、どうにかそう口にした。

途端《とたん》……。

「あっ、あれ……？」

中に入っていたジュードのものが、ますます大きくなった気がして、エリオルは自分の腹を撫でた。

「大きく、なった？」

「ぐ……っ」

ジュードが何かを堪《こら》えるように息を詰め、それから、大きく吐《は》き出した。

「かわいい上にえろいとか……本当に、質《たち》が悪い……！」

ロードリア語で吐き捨てるようにそう言うと、ジュードの手がエリオルの腰を摑《つか》む。

「ひ……ぁ……っ！」

ぐっと引き寄せると同時に突き入れられて、更《さら》に深い場所にジュードの先端《せんたん》が押しつけられる。

「あっ、あ……ぁっ、ん、あっ、ああ……っ」

そして、再び始まった律動に、エリオルはもう、ただ快感のままに、濡れた声を零すことしかできなくなった。

●

柔《やわ》らかく、肌触《はだざわ》りのいい布地に包まれているのを感じながら、エリオルはゆっくりと目を開けた。ぼんやりとした明るさに何度か瞬《まばた》きを繰《く》り返すうちに、視界の先にあるのが天蓋《てんがい》から下がったカーテンであることに気がつく。

昨晩のベッドには天蓋はなかったような、と思ってそっと起き上がった。

「ん……」

腰がだるい。あまり運動などしないエリオルには、珍《めずら》しい感覚だった。ジュードとしたあれやこれやを思い出して、ぼんやりする。

苦しくて、でも酷《ひど》く気持ちがよくて……。あの日だけでなく、目を覚ますたびにジュードに抱《だ》かれた。船をいつ下りたのか、馬車にいつ乗ったのか、そういったことすら曖昧《あいまい》だ。

馬車に揺《ゆ》られた記憶《きおく》がわずかにあるけれど、窓の外を見た記憶はない。さすがに馬車では最後まではしなかったけれど……。

閨事《ねやごと》について、自分は本当になにも分かっていなかったのだと思う。ジュードがきちんと知ってくれていてよかった。

ただ、いつも最後のほうは訳が分からなくなってしまったし、どうやって終わったのかも記憶がない。目を覚ますと大抵《たいてい》ドロドロになっていた体はきれいにされていて、もう一度口づけを与《あた》えられる。そしてまた、という繰り返しだ。おそらく部屋に籠《こ》もっていたせいで、体力が極端《きょくたん》に低いのが原因だろう。情けない番《つがい》だと思われていないといいのだけれど……。

「────お目覚めですか？」

唐突《とうとつ》に声をかけられて、エリオルはハッとする。フルブスク語ではあったが、ジュードの声ではない。もう少し高いが若い男らしき声だ。

「お開けしてもよろしいでしょうか？」

「……はい」

エリオルが返事をすると、そっとカーテンが開けられる。そこにいたのは、十代半ばほどの少年だった。茶色の髪《かみ》をした頭の上には、同じく茶色の耳がついている。

湯の張られた桶《おけ》とタオルが用意されており、エリオルはそれで顔を洗うと、ほっと息を吐《つ》く。その間に部屋のカーテンは全《すべ》て開けられて、室内はすっかり明るくなっていた。

「体調はいかがですか？」

「……特に問題はないよ」

腰がだるいことは、特に言う必要はないだろう。

「でしたら、お食事のご用意をいたしましょうか？」

言われてから空腹を自覚して、エリオルは素直《すなお》に頷《うなず》く。少年が部屋を出て行くのを目で追ってから、室内を見回す。

ベッドの他《ほか》に、鏡台とソファセット、ライティングデスクなどが置かれた室内は、クリーム色とグリーンでまとめられている。床《ゆか》には毛足の長い絨毯《じゅうたん》が敷《し》かれ、壁際《かべぎわ》にはクロゼットらしきいくつかの扉《とびら》と暖炉《だんろ》があった。ドアが四つあるが、どれがどこに繋《つな》がっているかはよく分からない。一つは、少年が出て行ったことから、別室か廊下《ろうか》に繋がっているのだろうとは思うが……。

考えているうちに、少年が戻《もど》ってきて、今度は支度《したく》を調《ととの》えるのを手伝ってくれた。その間に、現在の状況《じょうきょう》についても話してくれる。

まず、少年――マルクスがエリオルの専属侍従《じじゅう》であること、ここがすでにロードリアの王城の中であること、そしてジュードが所用で数日戻れないということ。

「そうか……」

ジュードが戻れないというのは残念だが、国王なのだ、多忙《たぼう》であることは当然だろう。もとは、国王と見《まみ》えることすらないのではないかと覚悟《かくご》して臨《のぞ》んだ輿入《こしい》れなのだ。淋《さび》しいと考えるのも烏滸《おこ》がましい。

だが、ここがすでに王城内であったことには正直驚《おどろ》いた。一体自分はどれほどの間眠《ねむ》り込んでいたのだろう。いや、実際のところ、眠ったという自覚すらなかったのだが。

そんな状態で入城してしまったのは、対外的に問題だったのではないだろうかと心配になる。

思わずそう尋《たず》ねると……。

「長旅で体調を崩《くず》されたと聞いております。殿下《でんか》のお披露目《ひろめ》は別の機会がございますから、お気になさらなくとも大丈夫《だいじょうぶ》ではないでしょうか」

マルクスはそう言って控《ひか》えめに微笑《ほほえ》んだ。

そうか、そういうことになっているのかと納得《なっとく》する。

「それならばよかった」

ほっと胸を撫《な》で下ろしたそのとき、ノックの音がした。マルクスがさっとドアへと向かっていく。

食事の支度ができたのだろうかと思ったのだが……。

「殿下、マクガレン卿《きょう》がお見えです」

「……マクガレン卿？」

一体誰《だれ》だろう。

疑問に思ったけれど、来ているというなら会わないわけにもいかないだろう。

マルクスに案内されるまま、隣室《りんしつ》に行くと、ソファの近くに壮年《そうねん》の男が一人立っていた。

黒に近い濃《こ》いグレイの耳は少し丸みを帯びた三角で、なんの獣人《じゅうじん》なのだろうとちらりと思う。

けれど、エリオルを見る視線は厳しく、とてもではないがそんな話題を振《ふ》れそうになかった。

「お待たせしました」

ロードリア語でそう言いながら、とりあえずソファに座るように勧《すす》める。

「エリオル・フルブスクです」

「この国の宰相《さいしょう》を務めている、ローガン・マクガレンです」

宰相という言葉に、エリオルはわずかに目を見開いた。宰相と言えば、この国の政治の中枢《ちゅうすう》にいる人物だ。

ジュードが国王であった以上、エリオルは国王の番ということになるのだから、地位の高い人物が面会を求めてくること自体は、おかしなことではないのかもしれない。

エリオル自身、王族としての暮らしをほとんど知らないため、判断つきかねるところである。だが、ローガンの視線からは、好意的なものはなにも感じられず、エリオルは困惑《こんわく》した。

それと同時に、自分の立場を再度自覚する。

国王がジュードであったこと、ジュードが変わらずに自分を番として愛してくれたことで、すっかり忘れてしまいそうになっていたが、ジュード以外にとって自分は、敗戦国の第三王子に過ぎないのである。

「殿下は体調が優《すぐ》れないと聞きましたが、そんな体の弱さで正妃《せいひ》が務まるのですか?」

殿下というのは、エリオルの呼称《こしょう》だろう。突然告げられた敵意の籠もった言葉に驚き、それからどう返せばいいか分からずに俯《うつむ》いた。

体が弱いという事実はなかったが、おそらく人間族の中でも体力はないほうだろう。獣人とは比べものにもならない。それに何より、こうなった原因が原因である。どう釈明《しやくめい》しても問題があるように思えたし、そもそも恥《は》ずかしくて口にできるはずもない。

それに、正妃が務まるのか、という言葉にも戸惑《とまど》っていた。自分がそんな立場になることを、エリオルは考えていなかったからだ。

黙《だま》り込んだエリオルに、ローガンは大きなため息を吐いた。

「なぜ陛下は、あなたのような者を番にしてしまったのか……」

深い嘆《なげ》きを含《ふく》む言葉に、エリオルは息を呑《の》む。

「本来ならば敗戦国、しかもあのフルブスクの王子など、妃《きさき》として遇《ぐう》する価値もない。あなたもその程度のことはお分かりでしょう？」

小馬鹿《こばか》にするような作り笑いを浮かべて同意を求められ、つきりと胸が痛む。ローガンの言うことは尤《もつと》もだった。エリオル自身、ジュードと再会するまでは、妃とは単なる体裁《ていさい》で、人質《ひとじち》として投獄《とうごく》されてもおかしくないと考えていたのだ。

「陛下にはリンダーク公爵《こうしやく》家の令嬢《れいじよう》や、ルイザリア帝国《ていこく》の王女からも婚姻《こんいん》の申し出があったというのに……」

リンダーク公爵というのはおそらく国内の大貴族なのだろう。ルイザリア帝国はここ数十年でいくつかの国を飲み込んだ大国である。人間族の国ではあるが、獣人や他の亜人種《あじんしゆ》に対しても人間族と同じ権利を認めていると習ったことがあった。

「そちらと婚姻がなれば、内乱の後始末に関しても、大いに陛下の助けになったでしょうな」

「……内乱の後始末？」

戦争の、ではないのか？　そう思い、思わず呟《つぶや》いたエリオルに、ローガンは呆《あき》れたように嘆《たん》息《そく》する。

「殿下は政《まつりごと》には興味がないようですな。陛下はそのために城を離《はな》れているというのに」

「そう、なのですか？」

フルブスクにいては、ロードリアの政情など、そうそう入ってくるものではない。その上、エリオルは屋《や》敷《しき》に軟《なん》禁《きん》されていたため、国内の状況に関してもよほど大きなものでなければ耳に入らない環《かん》境《きょう》に長年置かれていたのだ。

当然、ロードリアで内乱があったという話も、今初めて耳にするものだった。

「ええ、そうですとも。人手が足りぬところに、殿下の護衛として騎《き》士《し》が動員され、みな昼夜問わず働かずにはおられぬのですよ。陛下も例外ではないのですが、しばらく中央を離れておられましたからね」

ジュードがしばらく中央を離れていたというのは、当然エリオルを船で迎《むか》えに来たためだろう。おそらくだが往復で六日以上はかかったのではないだろうか。

「申し訳ありません……」

自分のせいでますます人手が足りず、ジュードの時間も浪《ろう》費《ひ》させてしまったのだと知って、身の縮むような思いだった。その上、自分は入城時から今までただ眠っていたのだと思うと、どれだけ責められても仕方がないと思える。

「……幼い陛下をお助けした功だけは認めましょう。ですが、番《つがい》にするほどのものだとは到底《とうてい》思えません。子どもの一時の感情で番を決めるなど、陛下も愚《おろ》かなことをしたものです。一度番としてしまえば、それを違《たが》えることはできぬというのに……」

深いため息を吐《つ》かれ、エリオルはぎゅっと手のひらを握《にぎ》りしめる。

「殿下は人間族ですから分からぬでしょうが、獣人にとって番は重要な意味を持つのです。私が――いえ、誰か一人でもおそばにあれば、必ずお止めしたでしょう。よほどお淋しかったのでしょうなぁ」

そうでなければ、エリオルなどが選ばれるはずがなかったと言外に告げられて、身の置き場がないような気持ちになる。弱みにつけ込んだようなものだと言いたいのだろう。

ジュードが幼い日のあの約束を守ってくれたことを、ただただ喜んでいた自分が、どうしようもない存在に思えた。

だが、エリオルは思い切って顔を上げ、ローガンを見つめる。

「卿は私に、何をお求めなのでしょうか」

その忙《いそが》しい状況《じょうきょう》で、宰相という立場にある者が、ただ嫌《いや》みを言うためだけにエリオルに会いに来たはずがない。

「なに、たいしたことではありませんよ。ただ、くれぐれもお立場を弁《わきま》えていただきたいと、それだけです」

弁えろ……。

そう言われて、エリオルはローガンがここに来てから口にした言葉を順に思い返す。

正妃が務まるのか。妃として遇する価値もない。他《ほか》からの婚姻の申し出。政に興味はないだろうと決めつけるような言葉。

その上で考えれば、ローガンが何を弁えろと言っているのかは自《おの》ずと理解できた。

――正妃を辞するように。もしくは、番という立場を放棄《ほうき》しろということか……。

だが、ローガンはそれ以上は何も言わず、ソファから立ち上がる。

「では、私はそろそろ失礼します」

ローガンはエリオルに向かって一礼し、部屋を出て行った。

エリオルの口から、大きくため息が零《こぼ》れる。体の力を抜《ぬ》き、ソファの背に寄りかかる。

どっと疲《つか》れを感じていた。

自分が、価値のない人間であることなど、知っていたつもりだ。

結局、自分はどこに行っても歓迎《かんげい》されない人間なのだろう。ジュードがただ一人の例外なのだ。もちろん、それだけで自分には十分過ぎる。ジュードの番であることは、ローガンの言うとおり、自分には過ぎた立場だ。

考えているうちに、マルクスが食事の載《の》ったワゴンを運び入れ、テーブルに並べ始める。

そう言えば、食事を持ってきてくれるように頼《たの》んでいたのだったなと思い出し、テーブルにつく。

食欲はすっかり失《う》せていたし、先ほどのやりとりを見られていたことを思うと気まずかったが、せっかく用意されたものだ、口をつけないのは申し訳ない。

エリオルは並べられていく食事に視線を向けた。メインである肉だけは、塊《かたまり》を侍従《じじゅう》がその場で切り分けてサーブしてくれるらしい。

そう言えば、ジュードは肉が好きだった。獣人は肉食が中心なのかもしれないなとぼんやり思う。

「お待たせいたしました」

「ありがとう」

エリオルはそう言うと、スプーンを手に取り、スープに口をつけた。

ほどよい塩気にほっとする。だが、胃が重く感じるのは変わりなかった。エリオルはスープと、焼き目のついた野菜を少し、薄《うす》く切ってもらった肉をどうにか一枚だけ口にする。香辛《こうしん》料《りょう》がよく効いた肉は、本来ならば食欲を増進させるのかもしれないが、今のエリオルには厳しい。申し訳ないが、パンには手が出なかった。

「マルクス、少し話を聞かせてもらって構わないかな？」

「はい」

食後のお茶を淹《い》れてくれているマルクスに声をかけると、すぐに頷《うなず》いてくれた。よければ座って欲しいという申し出は断られたけれど、仕方がないだろう。

「知りたいのは、番についてなんだ」

「番について、ですか？」

「うん。僕は獣人《じゅうじん》のことに詳《くわ》しくなくて……できれば基本的なことから教えて欲しい。番は項《うなじ》を噛《か》むことで成立するというのは知っているのだけれど……これは合っている？」

エリオルの言葉に、マルクスが頷く。

「そうですね。番のどちらかが相手の項を強く噛むことで成立します。ただ、片方が獣人でない場合……例えば人間族の場合、人間族側が獣人を噛んでも番にはなれません。必ず獣人が噛む必要があります」

「なるほど」

「獣人同士の場合は、大抵《たいてい》はどちらもが噛みますね」

「そうなの？」

どちらもがという言葉に、エリオルはぱちりと瞬《しばた》く。必要ないように思えるが……。

「はい。項に噛み跡《あと》があるということは、番がいるということの証明になりますから。ただ、番になるのに種族などは関係ありませんが、獣人以外が噛んだ場合は、普通《ふつう》の傷と同じ扱《あつか》いで、噛み跡があまり残らないため、噛まないこともあると聞いたことがあります」

確かに、ジュードが噛んだ噛み跡は、十四年経《た》った今でもはっきりと残っている。普通の傷ならば消えるか、もっと薄くなっていただろう。

必ず獣人側が噛むということも含《ふく》め、獣人の歯や唾液《だえき》になんらかの特性があるのかもしれないな、と思う。

「あとは……」

エリオルはティーカップの中身を見つめ、そっと口を開く。

「番を解消したり、上書きしたりすることはできるの？」

本当に訊《き》きたかったのは、このことだった。

「そんなこと、できるはずがありません」

マルクスがぎょっとしたように目を瞠《みは》る。

「番は生涯《しょうがい》に一人と決まっています。唯一《ゆいいつ》例外があるとすれば、どちらかが亡《な》くなったときですが……大抵の獣人は、新しく番を作ることはしません」

亡くなったとき、という言葉にドキリとしたけれど、エリオルは顔に出さないように気をつけて頷いた。

「そうなんだ……ごめん、おかしなことを訊いて」

「いえ……」

「いろいろ聞かせてくれて、ありがとう」

マルクスに礼を言って、ティーカップに口をつける。

おかげで、よく分かった。

ローガンにとっては――いや、この国を思う多くのものにとって、エリオルという存在は、とんでもなく目障《めざわ》りだろう。

獣人を差別してきた国であり、敗戦国でもあるフルブスクの第三王子でありながら、国王の番だなんて、もしもすげ替《か》えることができるならばすぐさますげ替えたかったに違《ちが》いない。

殺されなかった理由はなんだろう。ジュードが守ってくれていたのだろうか。

ふと、自分の護衛のために騎士《きし》が動員されたという話を思い出す。

……今も、守ってくれているのだろう。

そう思うと、少しだけ泣きそうになる。嬉《うれ》しいけれど、自分の存在が、ジュードの迷惑《めいわく》になっているのだと思うと苦しい。

番を変更《へんこう》することはできない。

ならばローガンの要求は、正妃《せいひ》の地位を別のものに譲《ゆず》れ、ということだったのだろう。

番ではなく、正妃という地位ならば譲ることができるだろうと……。

ジュードはエリオルには何も言っていなかったけれど、ローガンの様子からすると、彼にはエリオルを正妃にすると言っているのかもしれない。

自分はどうするべきなのだろう？

ジュードが、エリオルの他に妃《きさき》を迎《むか》えると言っても、エリオルがそれに反対することはできないし、正妃を別の人にすると言っても同じことだ。

辛《つら》いと思わないわけではないけれど、ジュードは国王なのだから、仕方のないことだと思うしかない。

番《つがい》だと言ってくれた。

本人は迎えに行けなかったと言ったけれど、エリオルとしては十分約束を果たしてもらったと思っている。

それだけで十分なはずだ。

これ以上、ジュードの足を引っ張りたくはない。

ジュードに言われるならば、どんなことでも従いたいけれど、それがジュードのためにならないというならばどうしたらいいのか……。

ベッドで目を覚ます前までの幸福な時間をあまりに遠く感じながら、エリオルはため息を零《こぼ》した。

●

「……すまないが、残りは下げて」

「かしこまりました」

エリオルの言葉に、マルクスはそう言うとテーブルの上を片付け始める。

今日食べられたのは、シチューを半分と蒸《む》し野菜だけだった。肉については最初から断っている。

この国で盛んに使われている香辛料は、エリオルの胃には刺激《しげき》が強すぎたし、丸々焼かれたり煮込《にこ》まれたりした肉の塊をほんの少し削《けず》るように切ってもらうのは、申し訳ない。

よく煮込まれたシチューはおいしいけれど、今のエリオルには重い。

もともとそれほど食べるわけではなかったが、ここに来て食欲が落ちているのは自分でもよく分かっていた。

城で目を覚ましてから四日。ジュードとは一度も顔を合わせていない。

城に戻《もど》れないほど忙《いそが》しい原因が自分なのだと思うと、淋《さび》しいと感じることすら罪深く思える。

片付けが済んだあとは、食後のお茶を断り、早めに休むからとマルクスに告げて寝室《しんしつ》に戻った。マルクスはエリオルを夜着に着替えさせると、静かに退室していく。

一人になった部屋で、エリオルは窓辺に立ち、閉じられたカーテンを少しだけ開けた。窓の外をぼんやりと見つめる。

ここは城の三階にあり、窓からは美しい中庭が見下ろせる。今はもう日が落ちて暗くなっているが、中央に噴水《ふんすい》を配した庭は、昼過ぎからの雪で白く、月の光を反射して美しい。

なんとも幻想的《げんそう》な景色に、小さく吐息《といき》が零れた。

同じ窓越《まどご》しの庭でも、あの屋敷《やしき》の裏庭とはまるで違う。

けれど、自分のしていることはほとんど変わりない。あの頃《ころ》もこうして、夜に戻ってくるジュードを待っていたし、この四日間、エリオルはずっと部屋に籠《こ》もっている。

といっても、一室というわけではない点が、以前との違いと言えるだろうか。

寝室のドアは隣室《りんしつ》に繋《つな》がるものの他《ほか》に、トイレと浴室に繋がるものがあり、鍵《かぎ》のかかったドアの向こうにはジュードの部屋があるのだと聞いている。

また、居間には廊下《ろうか》との間にある継《つ》ぎの間に繋がるものの他にもう一つドアがあり、そちらにはエリオル専用の書斎《しょさい》があった。残念ながら書架《しょか》は空だったが、マルクスが言うにはエリオルの気に入った本を好きなだけ購入《こうにゅう》してもいいということのようだ。

とはいえ、ジュードが不在の状況《じょうきょう》で商人を呼びつけて買い物をするなんて、とてもではない気がする気になれない。

特に部屋を出ないように言われているわけではなかった。だが自分が部屋を出れば、自分についてくれているという騎士を動かすことになるだろう。ジュードが何をどれくらい警戒《けいかい》しているのかも分からないけれど、部屋に籠もっている以上に安全なこともないはずだ。少しでも負担になることはしたくなかった。

それになにより、ここを出て何をすればいいかも分からない。自主性のなさを情けなくも思うけれど、番とはいえ正式に妃として認められているのかもよく分かっていないのだ。

いや、ローガンの話を思い返せば、まだだと思って間違いないだろう。あくまで想像だけれど、エリオルをどの位に就《つ》けるかの内部調整が済んでいないのではないだろうか。

普通に嫁《か》したのならばあり得ないことだろうが、今回のエリオルは戦利品の一つとして接収されたのだからどのような扱いになろうともおかしくはない。

そして、ジュードはエリオルを正妃にしようとしていて、ローガンはそれを防ごうとしている、と考えられる。

自分がどうすればいいかは決めている。ジュードに従う。けれど、もし正妃を望まれたとき何ができるだろうかというのは難しい問題だった。

この国での正妃の役割がどんなものなのか、エリオルは知らない。政治に関《かか》わるのかも知らなかった。フルブスクでは正妃のみ政治に参加し、側妃にはその資格はなかったが、ロードリアはどうなのだろう。

マルクスに訊《き》けば多少の情報は手に入るだろうが、彼からもたらされる情報が正しいのかが分からなかった。

ローガンが訪ねてきたときは突然《とつぜん》のことだった上に、寝起《ねお》きだったこと、まったく知らない場所で知らない人間と対面しているという事実などで頭が回らなかったが、後々考えればマルクスの対応はおかしい。

いくらエリオルの立場が低かろうが、騎士まで配備してくれたというジュードが、ローガンの面会を許可していたかは疑問だ。

その上、あのときマルクスはエリオルの許可をとるよりも先に、ローガンを部屋に通していた。残念だが、全面的に自分の——そして、ジュードの味方だとは思えない。

ジュードがそんな人間だと知らずにエリオルに付けたのか、それともその段階ですでになんらかの手違いがあったのかは分からない。ローガンの子飼いであったとしても、悪意や敵意などは感じないため、その点は幸いだけれど……。

どちらにせよ、マルクスの存在自体がまた、精神的な苦痛の一つでもあった。もともと誰《だれ》かと過ごすこと自体が、エリオルの人生においては珍《めずら》しい。その上相手が信頼《しんらい》のできない人物であることを、苦痛に感じるなというほうが難しいだろう。

だが、一番にエリオルを悩《なや》ませているのは、そのことではなかった。

自分がこれからどうするべきなのか。

ジュードに従おうと思う気持ちと、ジュードが自分に与《あた》えてくれる幸いが、ジュードのためにならないのではないかという葛藤《かっとう》。

――唯一《ゆいいつ》例外があるとすれば、どちらかが亡《な》くなったときです。

マルクスの言葉を思い出す。

マルクスを信用できないと思いながらも、あのときの驚愕《きょうがく》の表情は真実だったようにも思う。

正妃の座を譲れというならまだいい。だが、ジュードのために死ね、ということなら……。

エリオルの口から、大きなため息が零れる。

この国で、自分を大切に思ってくれているのはおそらくジュードだけだろう。エリオルのために、ジュードが自らの立場が不利になるようなことをしないとは、言い切れない。他の誰がエリオルを無価値だと断じても、ジュードはそうではないと思ってくれている。それだけは信じられる。

だが、それが仇《あだ》となることもあるのだろう。自分にとってジュードは唯一の存在だけれど、ジュードにはエリオル以外にも大切なものがきっとある。家族、友人、国、家臣、国民。尊重すべきものは多くあるはずだ。

そして、その中にはローガンのように、敗戦国から戦利品として嫁《とつ》いだ男に、国王が心を割《さ》くことをよしとしないものも多く含《ふく》まれている。

内乱があったというなら、そしてその後始末がまだだというなら、自分のことが原因で王の求心力が落ち、混乱が続く可能性もある、ということなのではないだろうか。

もしも本当に、自分が番《つがい》でなくなることこそがジュードのためだというのなら自分は……。

唇《くちびる》を噛《か》んだそのときだった。

ドアの開く小さな音が耳に届き、エリオルは顔を上げる。

そして……。

今度はもっと近くで鍵の開く音がした。エリオルが音の方向に振《ふ》り向くと、今まで開かなかったジュードの部屋へと続くドアが開く。

「……ジュード」

四日ぶりに見るジュードの姿に、エリオルは大きく目を瞠《みは》る。そして、そちらに一歩足を踏《ふ》み出したときにはもう、ジュードがエリオルの下《もと》へと駆《か》け寄っていた。

「エリオル、一人にしてすみませんでした」

「……おかえり」

ぎゅっと抱《だ》きしめられて、エリオルはその腕《うで》の力強さと、包み込んでくる体温に頬《ほお》を緩《ゆる》める。

「——エリオル、少し痩《や》せましたか？」

「え？」

確かめるようにぎゅうぎゅうと抱きしめたあと、ジュードが腕を緩めて顔をのぞき込んでくる。

「顔色も悪い……体調はどうです？　何か問題がありましたか？　それとも食事が口に合わな

かったのでしょうか？」

矢継《やつ》ぎ早に問われ、大きな手で頰を撫《な》でられて、エリオルは苦笑《くしょう》する。

「大丈夫《だいじょうぶ》だよ。それより、忙しくしているのはジュードのほうでしょう？　疲《つか》れているんじゃないの？」

「私は問題ありません。……ハインリッヒ」

ジュードは振り向きざまに、先ほど入ってきたほうのドアに声をかけた。すぐに、男が一人部屋にやってくる。

「すぐに医者を呼べ」

ロードリア語でそう命じると、ハインリッヒと呼ばれた男は一礼して部屋を出て行く。

「ジュード？　僕は別に医者なんて必要ないよ？」

「……エリオル、ロードリア語が分かるのですか？」

驚《おどろ》いたように訊かれて、エリオルはぱちりと瞬《しばたた》く。そう言えば、結局告げていなかったと気付いたのだ。それから小さくはにかむ。

「ジュードが教えてくれたでしょう？　――迎《むか》えに来てくださるまでに覚えようと、勉強したのです」

後半はロードリア語で言ってみせると、ジュードは大きく目を瞠り、再びエリオルを抱きしめた。

「嬉《うれ》しい。俺が迎えに行くって、本当に信じていてくれたんだな」

心から嬉しそうな声で言われて、少しだけ泣きそうになる。

「はい……」

実際は諦《あきら》めたこともあった。けれど、いつかのためにと学んだことは嘘《うそ》ではない。

「私の言葉に問題がないようでしたら、今後はロードリア語で会話してくださいませんか？

少しでもこの国に慣れたいのです」

敵国だった国の言葉で話すことを、快く思わない者もいるだろう。

「……分かった。でも辛《つら》くなったらいつでも、フルブスク語で話してかまわないからな」

「はい。ありがとうございます」

思わず微笑《ほほえ》んだとき、ハインリッヒが別の男を伴《ともな》って戻《もど》ってきて、医者はいらないという言葉が聞き流されてしまっていたことを思い出した。

「連れて参りました」

「ご苦労だった」

ジュードはエリオルを抱いていた腕をほどき、抱き上げる。ほんの数歩の距離《きょり》だというのに、そのままベッドへと運んでくれた。その間にハインリッヒが、ベッドの横に椅子《いす》を一つ寄せる。

「診察《しんさつ》を頼《たの》む」

「かしこまりました。まずはいくつか質問をさせていただきますね」

医者らしい男は、横に少し長い白い耳をしていた。山羊《やぎ》だろうか。そんなことを考えているうちに、男が頭を下げ、椅子に掛《か》ける。こうなっては拒《こば》めるものではない。エリオルは大人しくそのまま診察を受けることとなった。

瞼《まぶた》に触《ふ》れられたり、舌を診《み》たりされたあと、寝転んだ状態で腹を何ヵ所か圧迫《あっぱく》されて、痛みに顔を顰《しか》める。

「ふむ……血の巡《めぐ》りもあまりよくないようですが、なにより胃腸が弱っていらっしゃいますな。特に胃が……。お食事が合わないか、お心に負担を感じられているためでしょう。環境《かんきょう》が変わられたのですから、無理もないことです。あとでお薬を届けさせます」

「そうか。食事の内容について、気をつけるべきことがあればこの者に伝えておいてくれ」

ジュードがハインリッヒを指して言うと、医者は頷《うなず》いて立ち上がる。そして、二人は頭を下げて部屋を出て行った。

「そばにいてやれなくてごめん。突然知らない場所に一人にされて、不安だっただろう？　食事も、俺の配慮《はいりょ》が足りなかった」

ベッドの端《はし》に腰《こし》掛けて、辛そうにそう言ったジュードに、エリオルは慌《あわ》てて頭《かぶり》を振る。

「ジュードのせいではありません」

「いや、俺のせいだ。……俺がいない間に何があった？」

「……別に何も」

本当に？　と訊《き》くように顔をのぞき込まれたけれど、エリオルは視線を逸《そ》らさなかった。

「なら、して欲しいことは？」

「して欲しいこと、ですか？」

「なんでもいいぞ。エリオルの気が晴れるなら」

本当になんでも叶《かな》えてしまいそうなジュードに、エリオルは戸惑《とまど》う。エリオルの耳にローガンの言葉が蘇《よみがえ》った。

――ただ、くれぐれもお立場を弁《わきま》えていただきたいと、それだけです。

胸の奥が痛んで、エリオルはそれを堪《こら》えるようにそっと手を握《にぎ》りしめる。

「……私のことは、気にしないでください」

そう口にすると、ジュードがわずかに眉《まゆ》を顰《ひそ》めた。言うべきではなかったとすぐに気付いたけれど、一度出た言葉を戻すすべはない。

「そんなことできるはずないだろう？　やはり何かあったんじゃないか？」

「そういうわけではありません」

再びそう否定しつつ、エリオルは言葉を探す。

「……しばらくは療養《りょうよう》に専念しますから」

「それは確かに大切なことだ。だが、環境が変わったせいというなら、慣れるまでは室内で楽しめることだけでもあったほうがいいだろう？」

やさしく微笑まれて、心が揺《ゆ》れる。ジュードが心からそう思ってくれているのだと、痛いほど分かった。

けれど、甘えるべきではない。国王が、元敵国の王子に必要以上に心を砕《くだ》いていると思われるようなことは避《さ》けたほうがいい。

「迎えに来てくれて、嬉しかったです。本当に……今こうしているだけで私は幸せですから、もう十分なのです」

本心からの言葉だ。だから、心が痛むこともなく、自然に笑えた。ジュードが、つられるように笑顔《えがお》になる。

「そうか、嬉しかったのか。俺も堪《たま》らなく幸せだ」

そう言われて、ちゅっと音を立ててキスされる。

突然《とつぜん》のことにエリオルの頬は、一拍《いっぱく》置いたのち、燃えるように熱くなった。

「あれだけ抱いたのに、これだけで赤くなるなんて……かわいい」

額に、両頬《りょうほほ》、そしてもう一度唇にキスが落ちる。

「ちょ、あ、や、やめてください、もうっ」

「それで、何かして欲しいことは？　欲しいものでもいいぞ？」

嬉しいけれど、ジュードが平然としているのに自分だけが狼狽《うろた》えているのが恥《は》ずかしい。

それに何より、また同じ質問をされてしまった。

「私の話を聞いていましたか？」

覚悟《かくご》を決めて、口にしたつもりのことを流された気がして、エリオルはわずかに眉を顰める。

「俺自身は迎えに行ったとは言えないと思っていたが、エリオルは迎えに来てくれて嬉しいと思ってくれた、今も共にいることが幸せだと思ってくれている、という話だろう？」

「いいえ、言いたいことはそれではなくて……」

「俺にとってはそれが一番大事だ」

どうしよう、いまいち話が通じない。ひょっとすると、自分のロードリア語に問題があるのだろうか。

「私のことは放《ほう》っておいていいという話です」

「ほっとけるわけがない。むしろエリオル以外のことはどうでもいいくらいだというのに」

国王とは思えない言葉に、やっぱり自分のロードリア語の語学力に問題が……？　とエリオルは悩《なや》む。

それならば……。

「では、一つだけお願いがあります」

「いくつでもいいのに」

「一つだけです」

エリオルの言葉に、ジュードは苦笑しつつも頷いてくれる。

「ロードリア語の師をつけていただきたいのです」

「……十分に話せていると思うが？」

「いいえ。先ほどから私の言葉が、ジュードにきちんと届いていないように思うのです。おそらく何か間違《まちが》って覚えているに違いありません」

真面目《まじめ》にそう続けたエリオルに、ジュードはぱちりと瞬《しばた》き、それから吹《ふ》き出すように笑い出した。

「な、なんですか!?」

「い、いや……ん、うん。そうだな、分かった。考えておく」

笑いを納めてそう言ったジュードに、エリオルはなんとなく釈然《しゃくぜん》としない思いを抱《かか》えつつ、礼を言った。

だが、釈然としないと思いながらも、自分の胸の内が随分《ずいぶん》と軽くなっていることに、エリオルは気付いた。

あんなにも暗く沈《しず》み込むようだったのに、ジュードを目の前にしたら明るい気持ちが湧《わ》いてくる。そんな自分を現金なものだと思いながらも、浮《う》き立つ心までは止められなかった。

「だが、とりあえず今日はもう寝《ね》よう。エリオルも体調がよくないということだし、俺も疲《つか》れた」

「すみません。気がつかなくて……」

長旅から戻《もど》ったのだ。当然疲れているだろうに、自分のために時間を割《さ》かせてしまったとエリオルは慌てる。

「謝るようなことじゃない」

だが、ジュードは気にした様子もなくそう言うと、クロゼットから夜着を取り出し、さっさと着替《きが》えてベッドへと戻ってくる。

エリオルが手伝おうかと口にする暇《ひま》もないほどだった。

「――――けど、確かに教師は必要かもな。エリオルにそんな丁寧《ていねい》な口調で話されると少し淋《さび》しい」

ジュードは天蓋《てんがい》のカーテンをさっさと下ろし、エリオルがいるのとは逆側からベッドに入ってくる。

「丁寧ですか？」

「ああ。フルブスク語で話しているときの口調なら今のは『ごめん、気付かなかった』くらいだな」

「ごめん、気付かなかった……はい、覚えておきます」

確かに自分も、ジュードがロードリア語でなら、くだけた口調で話してくれていると気付いたときは少し嬉《うれ》しかった。

本来ならばくだけた言い方を学ぶのではなく、むしろ王族としてふさわしい言い方を学ぶべきなのではと思わなくもないのだが……。

「ほら、寝よう」

声をかけられて、エリオルも上掛《うわが》けの中に潜《もぐ》り込む。途端《とたん》に、ジュードの腕《うで》の中に抱《だ》き込まれた。

その体温に、ほっと体の力が抜《ぬ》けていくのが分かる。

ジュードは手を伸《の》ばし、サイドテーブルに置かれたベルを鳴らした。少ししてジュードの部屋に続くドアが開き、室内の明かりが落とされる。

エリオルは子どもの頃《ころ》に話したことを思い出した。

「部屋の明かりを消す係……」

ぽつりと呟《つぶや》くと、ジュードがくすりと笑う。

「そう言えばそんな話をしたな」

それくらいならば、自分でもできるのではないかと思ったのだ。まさか、国王に嫁《とつ》ぐことになるなんて、思ってもみなかった。

「あの頃のエリオルもかわいかった」

そう言われ、ぎゅっと抱きしめられる。

「……ジュード」

名前を呼んだのは、自分を抱きしめるジュードの体の一部が硬《かた》くなっていることに気付いたからだ。

ジュードも気付かれたことが分かったのだろう。

「体調が戻るまではしないから、安心して休め」

「……はい」

少し残念なような気もしたけれど、気遣《きづか》いが嬉しくもある。大切にされているのだと、分かるから。

「ありがとうございます。早く治しますね」

エリオルの言葉に、吐息《といき》のような笑い声が返ってくる。

「ああ、そうしてくれ」

温かい手が、エリオルの背を撫《な》でる。

「なぁ、エリオル」

「はい」

「俺の番《つがい》はエリオルで、番を大切に思うのは当然のことだ。俺はただでさえ十四年も番を放っておいた愚《おろ》か者なんだ。これからはせめて、大切にさせてくれ」

「…………」

ジュードの言葉に、目の奥がじわりと熱を持った気がしたけれど、エリオルは相槌《あいづち》を返すこともできず、ただそっと目を閉じた。

ベッドが揺《ゆ》れた気がして目を開けると、室内はうっすらと明るくなっていた。寝室《しんしつ》のカーテンは厚いが、日差しを全《すべ》て遮《さえぎ》れるわけではない。

「悪い、起こしたか？」

「……いいえ、大丈夫《だいじょうぶ》です」

一拍遅《いっぱくおく》れたのは、寝起きで咄嗟《とっさ》にロードリア語が出てこなかったためだ。よく眠《ねむ》ったらしく、頭はすっきりしていた。

エリオルはゆっくりとベッドの上で上半身を起こす。遠くで七時を告げる鐘《かね》が鳴る。城では朝の七時と正午、夜の七時に鐘が鳴るらしい。もちろん、鐘がなくとも居間に行けば柱時計が時間を教えてくれるのだが。

「俺はもう行かなきゃならないが、朝食はどうする？　食べられそうか？」

「……スープだけなら」

「分かった、伝えておく。昼までベッドでゆっくり休め。午後には一度戻るから」

「はい、行ってらっしゃいませ」

微笑《ほほえ》んだエリオルに、ジュードは嬉しそうに笑《え》みを返し、唇《くちびる》に触《ふ》れるだけのキスを落とすと寝室を出て行った。

エリオルは唇に指先で触れ、小さくため息を零《こぼ》す。

「僕って単純だな……」

まだ薬も飲んでいないというのに、ここ数日感じていた胃の重さが、随分とましになっている。

とりあえず顔を洗って、朝食を摂《と》ろうとベルを鳴らす。するとしばらくして部屋に入ってきたのはメイドだった。手にはタオルとお湯を張った桶《おけ》を持っている。

マルクスでなかったことに驚《おどろ》きつつ、エリオルは顔を洗い、タオルで水滴《すいてき》を拭《ぬぐ》った。

そのあとはベッドに設置できる簡易テーブルが用意され、ベッドまでスープが運ばれてきた。

これも運んできたのは先ほどとは違う人物ではあったが、やはりメイドだった。

マルクスでない理由が気になったが、メイドに訊《き》いても分からないだろうし、言える理由ならば最初に説明があっただろう。

などと考えつつ、スープを飲み終わったあとのことだった。

「お薬をお持ちいたしますので、少々お待ちください」

使い終わったテーブルと食器を手にしたメイドの言葉に、エリオルは頷《うなず》く。

スープは薄味《うすあじ》で、具もよく煮込《にこ》まれていたため、寝起きでも問題なく飲み干すことができた。

この分なら、完治するまでにそれほど時間はかからないのではないだろうか。昨夜《ゆうべ》、体調が戻るまではしないと言われたことを思い出し、頬《ほお》をほてらせつつも、早く治さなければと思っていると、ノックの音がした。

返事をすると、今度はメイドではなく見覚えのある男が入ってくる。たしか、昨夜ハインリッヒと呼ばれていた男だ。

「お薬をお持ちいたしました」

「ありがとうございます」

丸薬と水の入ったグラスを手渡《てわた》され、エリオルは素直《すなお》に薬を飲む。そして、この男ならマルクスのことを知っているのではないかとちらりと考える。だが、エリオルがその疑問を口にするよりも前にハインリッヒが口を開いた。

「殿下《でんか》、お休み前に申し訳ありませんが、お時間よろしいでしょうか」

「はい。構いません」

エリオルが頷くと、ハインリッヒは一度ドアに近付き、一人の少年を伴《ともな》って戻《もど》ってくる。灰色の三角耳の少年だった。年の頃は、十三、四といったところだろうか。マルクスよりいくつか幼く見える。

「本日よりこの者が、殿下の専属侍従《じじゅう》となります。リンドベル、挨拶《あいさつ》を」

「はい。私はミケーレ・リンドベルと申します。このたび殿下の専属侍従としてお仕えすることになりました。よろしくお願いいたします」

頭を下げられて、正直戸惑《とまど》った。もちろん、ミケーレがいやだということではないのだが……。

「こちらこそ、よろしくお願いします。――ですが、マルクスはどうしたのですか？」

ハインリッヒに向かって問う。

「マルクスは殿下にお仕えするには不適格とされ、任を外されました」

不適格、という言葉にひょっとして、と思うところはあったが、エリオルは曖昧《あいまい》に頷く。どうやらこれは決定事項《じこう》のようだし、自分が口を挟《はさ》むことではないだろう。それに、エリオル自身マルクスを信用できずにいたのだから、敢《あ》えて慰留《いりゅう》にかかるつもりもなかった。

「ミケーレ・リンドベルと言いましたね。ミケーレと呼んで構いませんか？」

「はい、もちろんです」

どこかほっとするような微笑みに、エリオルも微笑む。マルクスからは、悪意は感じなかったが好意も感じなかった。しかし、ミケーレからは不思議と好意的なものを感じる。

「では、私は失礼します」

ハインリッヒはそう言うと先に部屋を出て行った。

そのあとは、ミケーレに昼になったら起こしてくれるように頼《たの》んで、ジュードに言われたとおり大人しく眠りについた。

昨夜はよく眠ったから眠れないのではないかと思ったが、ここのところの睡眠《すいみん》不足を補うかのように、エリオルは正午の鐘が鳴るまで、昏々《こんこん》と眠り続けた。

昼食にはミケーレがついてくれた。メニューは今までの、高級だがややこってりしたものから、あっさりとしたものに替《か》わっていた。メインの肉も香辛料《こうしんりょう》は効かせておらず、蒸《む》した鶏肉《とりにく》にさっぱりとしたソースをかけたもので、最初から少量が用意されている。

食後のお茶も紅茶ではなく、蜂蜜《はちみつ》を入れたハーブティーになっていた。もちろん、薬も飲まされる。

「口直しにキャンディーをどうぞ」

「ありがとうございます」

礼を言って口に入れると、甘酸《あまず》っぱい味が口の中に広がった。

「ミケーレは甘い物が好きなのですか？」

「はい、好きです。特に果物が」

にこにこと笑うミケーレにもキャンディーを食べるように勧《すす》めると、嬉《うれ》しそうに耳がぴんとして尻尾《しっぽ》が揺れる。しばらく一緒《いっしょ》に口をもごもごさせていた。

「私はこの国の礼儀《れいぎ》作法に詳《くわ》しくないので失礼にあたるかもしれませんが、ミケーレの種族は

「何か訊いてもいいですか？」

「僕ですか？　僕は犬です」

　ミケーレはあっさりそう答えると、種族を訊くのは誕生日を訊くことが不自然でない間柄《あいだがら》ならば失礼ではないと教えてくれる。

「ただ、お互《たが》いが番《つがい》を持たない場合、状況《じょうきょう》によっては、親密になりたいという合図だったりもしますね。おおよその発情期も分かるので」

「ああ……なるほど」

　言われてみればそうだ。ほんの少し頬がほてる。そう言えば、獣人《じゅうじん》には発情期があるのだった。

「陛下の前では、他《ほか》の獣人に訊かないほうがいいかもしれませんね」

　確かに、そういう意味も含《ふく》むのならば、いい気分ではないかもしれない。

「分かりました。ありがとうございます」

　礼を言うと、ミケーレは嬉しそうに微笑んだ。

　ミケーレは明るい少年だった。姦《かしま》しく話すということではなくて、楽しそうな微笑みを浮《う》かべて仕事をする。そんなときは尻尾も楽しげに揺《ゆ》れるのだ。自分の下《もと》で働くものが、このような態度だったことは今までになく、エリオルはどこか安堵《あんど》していた。

　揺れる尻尾を見ながら、そう言えば再会以降、ジュードの尻尾が揺れるのを見ていない、と思う。

考えてみればマルクスも、ハインリッヒも尻尾を揺らすことはなかった。大人になると揺れなくなるのだろうか？

そんなことをぼんやりと考えていると、部屋のドアがノックされ、ジュードがやってきた。

「体調はどうだ？」

「随分《ずいぶん》とよくなりました」

笑顔《えがお》で答えたエリオルに、ジュードもほっとしたように微笑む。

「そうか、よかった。だったら、庭に出ないか？　日の光を浴びたほうがいい」

「ジュードも一緒ですか？」

「ああ、もちろん」

ジュードに手を差し伸《の》べられて、エリオルはソファから立ち上がる。一緒に外に出る、というのが単純に嬉しかった。

ミケーレに上着を着せ掛《か》けられて、ジュードと共に中庭へと向かう。

今日は天気がいいので、雪はほとんどが溶《と》けている。冬に咲《さ》く花だけでなく、春に咲くだろう花のつぼみも見かけることができた。こうして見ると、ここロードリアにも春の気配が近付いていることが分かる。

「寒くはないか？」

「はい。この上着、とても暖かいです」

寒い国だからだろう、防寒具はとても発達しているようだ。そう言えば、子どもの頃《ころ》にジュードが身につけていた外套《がいとう》とブーツもすごかったなと思い出す。

「もしかして、内張りの素材が『特別製』なのでしょうか？」

子どもの頃の説明を思い出してそう訊くと、ジュードが笑う。

「ああ、そうだ。よく覚えていたな」

「もちろん。一つだって、忘れません」

自分の人生において、価値のある時間はあの数ヶ月だけだった。忘れるはずがない。いつでも――ジュードはもう迎《むか》えになど来ないのだろうと諦《あきら》めてからも、自分の支えだった。その時間の記憶《きおく》を、何度だって取り出して眺《なが》めたものだ。

ジュードがエリオルを抱《だ》き寄せて、唇《くちびる》にキスをする。頰《ほお》がほんのりと熱くなった。

「淋《さび》しい思いをさせてすまない」

「……淋しくなかったとは言えません。でも、淋しくないよりはずっとよかったのです」

ジュードに出会わなければ、味わうことのない淋しさだっただろう。けれど、ジュードに出会わなければよかったなんて思ったことはなかった。――今までは。

「ジュード、散歩は私一人でもできますから、仕事に戻ってください。忙《いそが》しいのでしょう？」

水の止まった噴水《ふんすい》の前まで来て、エリオルがそう言うと、ジュードの眉《まゆ》が上がる。

「忙しくなどない」

「え、けれど……」

ローガンの話では、随分と忙しいということだったはずだ。ジュードはおそらく自分を気遣《きづか》ってくれているのだろう。だが、自分のせいで公務が滞《とどこお》るようなことがあってはならない。

それくらいは、ローガンの言葉に関係なく分かっていたことだ。

「私に気を遣わないでください。ジュードの仕事の邪魔《じゃま》をしたくはありません」

「邪魔なわけがない」

間髪《かんはつ》を容《い》れずにそう言われて、エリオルは驚《おどろ》いてジュードを見上げた。

目を丸くしたエリオルがおかしかったのか、ジュードはくすりと笑う。

「エリオルが邪魔なはずがないだろ？　むしろエリオル以外は全部邪魔なくらいだ」

エリオルを和《なご》ませようと思ってくれているのだろう。そんな冗談《じょうだん》を口にするジュードの気持ちは嬉しい。けれど……。

「内乱の後始末に苦慮《くりょ》なさっていると、聞きました」

「聞いた？　誰《だれ》に？」

問われて、エリオルは思わず口を噤《つぐ》む。失言だったと気付いたけれど、口から出た言葉は取り戻《もど》せない。

「話してくれないのか？」

「い、いえ、そういうわけでは……」

すっと細められた目がなぜだか少しだけおそろしく思えて、エリオルは視線を逸《そ》らす。

「エリオル？」

促《うなが》すように名前を呼ばれて、エリオルは口を開いた。

「……マクガレンです」

「ローガン・マクガレンだな？」

確認《かくにん》されて、小さく頷《うなず》く。

「ローガンには何を言われたんだ？」

「何って……」

――ただ、くれぐれもお立場を弁《わきま》えていただきたいと、それだけです。

あれ以来、幾度《いくど》となく耳の奥で繰《く》り返された声を思い、言葉に詰《つ》まる。だが、ジュードには
それが、隠《かく》しごとをしようとしていると感じられたらしい。

「話してくれないのか？」

もう一度そう言ったジュードの声がどこか淋しげで、エリオルは慌《あわ》ててジュードを見つめた。

耳が伏《ふ》せられていて、それがとてもしょんぼりとしているように見えて、おろおろしてしまう。

「ひょっとして、俺よりローガンを信頼《しんらい》してる？」

「そっ……そんなわけないよ！」

慌てすぎて思わずフルブスク語で返してしまった。途端《とたん》にジュードの表情が少し緩《ゆる》んだ気がしてほっとする。

「そんなわけ、ないでしょう」

もう一度、ロードリア語で言い直しながら、ゆるゆると頭《かぶり》を振《ふ》る。

「なら、話してくれるな？」

そう言われて、エリオルは迷いながらもこくりと頷いた。するとジュードはエリオルの手を引いて近くの東屋《あずまや》へと誘《いざな》う。

ぴったりと寄り添《そ》うように座らされて、少し戸惑《とまど》う。

「このほうが暖かいから」

そう言われれば確かにそうなので、反論はしなかった。腰《こし》を抱かれて、少し恥《は》ずかしかったし、話しづらいことを話す体勢ではないとも思う。けれど、向かい合って話すより、表情が見えないほうが楽な気もした。

「それで？　ローガンはなんて？」

「……大した話じゃありません。ジュードは内乱の後始末の関係で城を離《はな》れていて、忙しいと」

「それだけじゃないだろう？　エリオル、お前が俺を信じているというなら、全《すべ》て話して欲しい。話すことに罪悪感を覚える必要はない」

腰を抱く手にわずかに力が込められて、エリオルは沈黙《ちんもく》する。けれど、信じているなら、という言葉にエリオルが逆らうことは難しかった。

そうしてぽつりぽつりと、あの日の会話を口にしていく。

ジュードに本来あったという婚姻《こんいん》の申し出の話、内乱の後始末に苦労しているという話、人手が足りず、ジュードが忙しいのだという話。

「それだけか？」

「……あとは、敗戦国の王子として、弁えた態度で過ごすようにと言われただけです」

こんなことまで口にしてしまって、宰相《さいしょう》であるローガンとジュードの関係にひびが入るようなことがあったらと思うと不安になる。

けれど……。

「エリオル的には、これで精一杯《せいいっぱい》なんだろうな」

くすりと笑われ、エリオルはジュードを見つめて首を傾《かし》げる。

「話してくれてよかった」

頬の辺りにそっとキスされて、安堵《あんど》した。ジュードは怒《おこ》っても困ってもいない様子だ。

「実を言えば、ローガンと何を話したのか、報告は受けていた」

「え？」

「けど、エリオルの口から聞きたかったんだ。俺を頼《たよ》ってくれるのか、知りたかった」

その言葉にハッとする。エリオルは誰よりジュードを信じ、頼りにしているつもりだ。それでも、自分のふがいなさ、至らなさをジュード以外の誰かが詰《なじ》るのは当たり前のことであり、ジュードに話してどうにかしてもらうことなど考えてもみなかった。

「俺は昔、エリオルがまったく悪くもないことで母親に鞭打《むちう》たれ、教師やメイドに酷《ひど》い態度を取られているのを見てもなにもしてやれなかった。あのときの悔《くや》しさと情けなさは今でも忘れられない」

「そんな……ジュードはなにも悪くありません」

ジュードがあそこにいることを知られるわけにはいかなかったのだから、当然だ。

「それに、私はジュードに十分過ぎるくらい慰《なぐさ》められていました。そばにいて、抱きしめてくれたでしょう？」

「俺は、それだけじゃ我慢《がまん》できなかった。エリオルを傷つける何もかもから守りたいってずっと思ってたよ」

そう言ってぎゅっと抱きしめてくれたジュードに、胸の奥が温かくなっていく。

「今回は俺が甘かったせいで、エリオルに悲しい思いをさせて悪かった。マルクスにローガンの息がかかっていたことに気付かなかった。優秀《ゆうしゅう》な者の中から選んで、フルブスク語を学ばせたんだが……」

言語の習得にはそれなりに時間がかかる。ミケーレはハインリッヒの甥《おい》でもあり、信用できるが、幼さもありフルブスク語の習得が間に合わなかったのだという。エリオルがロードリア語を話せると分かったので、起用できることになったらしい。

「本来はローガンがエリオルに会うことは、許可していなかった。余計なことを言うのは分かっていたからな。あいつの言葉は何一つ気にしなくていい」

ジュードの腕《うで》の中で、エリオルは頭を振る。

軽くジュードの胸を押して体を離すと、そっと顔を上げた。

「ジュードのせいではありません。私が敗戦国の王子なのは本当ですし、ジュードのために何もしてあげることのできない存在なのも事実ですから」

「何を言うんだ、そんなわけがない」

ジュードは驚いたように目を瞠《みは》ってそう言うと、大きなため息を吐《つ》いた。

「本当に、ローガンは余計なことばかりする……。悔しいが、今はまだあいつの力を借りなければ平和が遠のく。だから、しばらくはどうにもできない。けど必ずエリオルを認めさせるし、そうでなければ首を切るから安心してくれ」

首を切る、と言いながらジュードは首の前で水平にした手を横に振る。その動作がどうにも物騒《ぶっそう》で、まさか物理的にということではないよな？……と少しだけ不安になったがさすがにそんなことはないだろうと思い直す。

「私なら大丈夫《だいじょうぶ》ですから、国のために一番いいようにしてください」

「エリオルがそう言うならば仕方ないが……」

不満げに言うジュードに、エリオルは困って苦笑《くしょう》する。

「……何か別の方法を考える」

その言葉にほっとして、エリオルは頷いた。ローガンの言葉に傷つかなかったと言えば嘘《うそ》だ。そして、ジュードがいくら気にしなくていいのだと言ってくれても、ローガンの言葉は事実だとエリオルには分かっている。

それでも、ローガンが国を思っているであろうことも、理解していた。そうである以上、エリオルのせいでローガンが罰《ばつ》せられるのは本意ではない。

「エリオル……俺にはエリオルさえいればいい。王になったのもエリオルを得るためだった」

「え？」

一体何を言っているのかと、エリオルは目を瞠る。

「本当のことだ。――俺はこの国の第二王子だった。俺と第一王子は母親が違《ちが》って、そのせいで目の敵《かたき》にされた」

第一王子の母親は正妃《せいひ》だったが、国内の貴族の娘《むすめ》であり、ジュードの母は側妃ではあったが他国の王女だった。そして、その血は人と獣人《じゅうじん》の混血だったという。ジュードの父である先王は何代か前から続いている他種族との融和《ゆうわ》政策に積極的であったことから、その婚姻が進められたらしい。

だが、第一王子派は融和政策に批判的で、この国を獣人だけの国にするべきだという強硬派《きょうこう》だったこともあり、四分の一とはいえ人間の血の混じった王子を酷く嫌《きら》った。何度も暗殺の危機があったという。

そして、それは母親であった側妃が亡《な》くなってから、一気に加速した。ジュードは、第一王子派の手を逃《のが》れるために、敢《あ》えて獣人を嫌うフルブスクに逃《に》がされたのだ。

「やっと、第一王子派から逃れたと思ったら人間に見つかって追い回されて……正直言って、第一王子派の言うとおり、人間なんて最低の生き物なんじゃないかと思ったこともあった」

申し訳なさにエリオルは俯《うつむ》いてしまう。だが、そんなエリオルの頭を、ジュードの手がやさしく撫《な》でた。

「けどそんなときに、エリオルに出会ったんだ」

その言葉に、あの日雪に埋《う》もれていたジュードを思い出す。確かに追われて逃げてきたと、そう言っていた。

「俺はエリオルに出会えたから、人間を嫌いにならなかった。エリオルみたいな人間もいるんだって……獣人に嫌《いや》なやつがいるみたいに、人間にも嫌なやつがいる。でもその反対にいいやつだって種族関係なくいるって思えた。エリオルに出会えなかったら、人間と友好関係を築く必要なんて感じなかっただろうし、内乱の旗印になんて絶対にならなかった。だから、俺が王になったのは、そもそもがエリオルに出会ったからなんだ」

ジュードは笑ってそう言うと、愛《いと》おしくて仕方がないというようにエリオルにキスをする。

エリオルは何を言っていいか分からなかった。もちろん、ジュードの気持ちは嬉《うれ》しい。けれど、本当に自分との出会いだけでジュードが内乱を起こし、玉座に就《つ》いたなんてことはあり得ないだろう。おそらく、ジュードのためになにもできないと言った自分を慰めてくれているに違いない。

嬉しいけれど、少し申し訳なくて、でも……。

「ありがとうございます、ジュード」

やっぱり、嬉しい気持ちのほうが大きくて、エリオルは微笑《ほほえ》んだ。

「今後は万が一誰《だれ》かが会いたいと言ってきても、エリオルが会いたくなかったら応じる必要はないからな。ミケーレは幼いが信用できる。何かあればすぐにミケーレに言えばいい」

「はい、分かりました」

なるほど、ジュードがそう言うならば間違いないだろう。実際、エリオルもミケーレとは上《う》手《ま》くやって行けそうな気がしていたのだ。

「残念だが、そろそろ戻《もど》らないとまずい。夕食は一緒《いっしょ》に摂《と》りたいんだが、大丈夫か？」

「もちろんです」

ジュードが差し出してくれた手を握《にぎ》りつつ、エリオルは頷《うなず》く。そのまま部屋まで送ってくれたあと、ジュードは仕事へと戻っていった。

戻った室内は、ほどよく暖められており、ミケーレがすぐにお茶を淹《い》れてくれる。

「ありがとうございます」

「いえいえ。お体も冷えたでしょうから、温かいものをお摂りになったほうがいいかと思って」

たしかに、いくらジュードとくっついていたとはいえ、まだ寒い庭に長居したため暖かい部屋に入っただけでも体が緩《ゆる》むような心地《ここち》だった。

「そう言えば、ミケーレはハインリッヒの甥なのだと聞きました」

「はい、そうです。その縁《えん》もあって侍従《じじゅう》に推薦《すいせん》を受けました」

言われてみれば、少し似ている気がしなくもない。

「随分歳《ずいぶんとし》が近いように見えるので、まったく気がつきませんでした」

「母と叔父《おじ》は十一も歳が離《はな》れていますので……」

なるほどと頷く。ハインリッヒは見た感じでは、自分やジュードと同じくらいの歳に思えるから、ミケーレの母とよりミケーレとのほうが、歳が近い可能性もあるな、と思った。

「ところで、あの、おかしなことを訊《き》くけれど、マルクスがどうなったかを知っていますか？　あ、もちろん、私はミケーレが侍従になってくれたことは、とても嬉しいのだけれど……少し、気になって」

「殿下《でんか》が気になさるほどのことではないと思いますが……」

「そうですか……」

確かに、そうなのだろう。だが、マルクスは不適格だと、ハインリッヒが言っていたことが気になっていた。ジュードがローガンの首を切ると言ったときの所作も……。

まさかとは思うが、マルクスの身が少し心配になったのだ。もちろん、ジュードやハインリッヒが使用人に対して、自分の母のような酷《ひど》い仕打ちをするとは思わない。けれど、エリオルの中では自分のせいでメイドが何人も酷い目に遭《あ》ったという経験が、深く根を張っていた。

「マルクスは、その、無事なのでしょうか」

「もちろんです」

おそるおそる切り出したエリオルに、ミケーレは軽く目を瞠る。

「城勤めができなくなったというだけですよ。実家に戻されたはずです」

その言葉に、エリオルは曖昧《あいまい》に頷いた。

おそらくそれはそれで、大変なことだろう。マルクスがどのような身分にあるかは知らないが、城勤めができないということは随分と不名誉《ふめいよ》なことに違いない。だが、王よりも宰相《さいしょう》の命令を尊重するものを置いておけないというのも分かる。

「……殿下はほんとにおやさしいのですね」

どこか感動したように言われて、エリオルは慌《あわ》てて頭《かぶり》を振《ふ》った。

「そうではありません。ただ、自分のせいで傷つくものがいることがおそろしいのです。私は臆病者《おくびょうもの》なのでしょう」

「そういうのをやさしいと言うのです。陛下が愛されるのも分かります」

楽しそうに笑われて、気まずいような恥《は》ずかしいような気持ちで、エリオルはいつの間にかミケーレがつぎ足してくれたお茶に口をつけた。

●

翌日も、エリオルはジュードと庭を散歩した。

時間帯は昨日と違い、昼食の前だ。今日は、一緒に昼食を摂れるということで、その前に軽く体を動かすことになったのだった。

天気は薄曇《うすぐも》りで、このあと少し崩《くず》れるかもしれないというのが、ジュードの見立てだった。そのためにこの時間に散歩に連れ出されたというのもあるだろう。

「そう言えば、語学の教師についてだが、適任者に連絡《れんらく》が取れた」

「本当ですか？」

ジュードの言葉に、エリオルは顔を綻《ほころ》ばせる。

「どんな方なのですか？」

「ナルカ・サイナードという、獣人ではなく亜人種《あじんしゅ》の男だ。年寄りだがローガンと違って頭は固くないから安心していい。戦嫌《いくさぎら》いな男だったから、長い間連絡がつかなかったんだが、少し前にこちらに顔を出すと手紙をくれたんだ。それで、エリオルの教師を探していると打診《だしん》したらいい返事が来た。語学に関しては、ナルカほど多くを知る者はいないのではないかと思うほど、様々な国の言語に精通している」

「それは……すごい方ですね」

そんなすごい人に教わるのだと思うと、少し緊張《きんちょう》する。けれど、せっかくの機会だ。がんばろうと思う。

「ああ、母親がフルブスクの出身で、フルブスク語は特に馴染《なじ》みがあると聞いた覚えがあってな、それもあって当たってみた」

「珍《めずら》しいですね」

亜人種と人間の混血ということだろうか。フルブスク出身者が、亜人種と結婚《けっこん》したというのは少しだけ不思議だった。フルブスクには人間以外は住んでいないし、獣人《じゅうじん》ほどではなくとも亜人種も差別を受けている。

だが、亜人種を愛した人間がフルブスクにいたのだと思うと、嬉しくもある。

「体調が戻ったら、講義を開始してもらうことにしよう」

「体調が戻ったらというのは、その……どのように判断されますか？」

実際、エリオル本人としては、もう問題ないように思うのだが……。

「明日《あした》には一度医者の診察《しんさつ》がある。その結果次第《しだい》だな。結果がよければ、ナルカが城に着き次第、ということになる」

その言葉にほっとする。ナルカがいつ着くかは分からないが、自分の体調のせいで長く待たせるようなことにはならずに済みそうだ。

「本当はもう少し、体重を戻してからと言いたいところだが、多く食べればまた胃に負担がかかるだろうし、それはおいおいな」

苦笑《くしょう》されて、エリオルは自分の頬《ほお》を撫《な》でる。自分ではよく分からないが、ジュードが言うには、少し頬がこけてしまっているらしい。

そんな話をしながら、部屋に戻ると、ミケーレから来客を告げられた。

「来客、ですか？」

「はい。マクガレン卿《きょう》がお越《こ》しです」

その名前にドキリとして、思わずジュードを振り仰《あお》ぐ。

「ローガンがどうしてもエリオルに会いたいと言うから、仕方なく俺がエリオルと一緒のときなら、と言っておいたんだが……早速《さっそく》来たらしいな」

そう言ったジュードはなんだか少し、楽しそうな、同時に企《たくら》んでいるような悪い顔をしていて、エリオルは思わずまじまじと見つめてしまう。

「もちろん、エリオルが嫌《いや》なら会わせないから安心していい。どうする？」

「……私は、大丈夫《だいじょうぶ》です。けれど、どうしてマクガレンは私に会いたいんでしょう？　ジュードは知っているのですか？」

「陳情《ちんじょう》があるらしいぞ？」

先日のように何か釘《くぎ》を刺《さ》したいことがあるのなら、ジュードに確認《かくにん》するのはおかしい。

「陳情……？」

ますます訳が分からなくなって、エリオルが首を傾《かし》げると、ジュードはにやりと笑った。

「エリオルを娶《めと》るという目標を達成したから、俺はもう国王を辞《や》めて隠居《いんきょ》すると言ったら、反対された」

「……は？」

荒唐無稽《こうとうむけい》としか思えない言葉に、エリオルは啞然《あぜん》とする。

自分を娶ったから国王を辞める？

反対された、と言うがそれはそうだろうと思う。むしろ、本気でそんなことをローガンに言ったのかと内心慄《おのの》いた。

「それで、あんまりうるさいから、俺を翻意《ほんい》させることができるのはエリオルだけだと、ローガンに教えてやったんだ」

にやりどころでなく楽しげに笑って言うジュードに、エリオルの目はさらに大きく開かれていく。

「もちろん、万が一にもエリオルが番《つがい》でなくなるようなことが起これば俺は後を追う、ともな」

ジュードの言葉に、エリオルは完全に言葉を失っていた。どうしてそこまで、と思う。自分にはそんな価値などないと、エリオルにはよく分かっている。

ジュードだけが自分に価値があると思ってくれているのも理解しているけれど、それだってこの国の王たるジュードに比類するようなものでは絶対にないはずだ。

「そ、そんなの……だめです。ジュードは、私とは違《ちが》うのですから」

どうにか言葉を絞《しぼ》り出し、エリオルはゆるゆると頭《かぶり》を振った。

あの幼い日、自分がジュードに友達になってくれるかと訊くことができたのは、幼かった自分の無知ゆえに、獣人は自分と同じように劣《おと》った存在だと認識していたからだ。

今は自分とジュードでは並び立つものなど何一つないと分かっている。

自分が死んだとして、ジュードが後を追うなんておかしいだろう。

「だめじゃないし、なにも違わない。エリオルは人間族だから実感がないのかもしれないが、獣人にとって番は半身と言っても過言じゃない。体が半分になったら生きていくことなどできないだろう？」

「それは……そう、なのかもしれないですが」

人間族だから実感がないと言われれば、そんなことはないだろうと否定することも難しい。

「けれど、国王を辞めるというのは……」

「そもそも俺がこの地位に就《つ》いたのは、エリオルを娶るためだったのだから、当然だろう？」

本当にそう思っているかのようにあっさりと口にされて、エリオルが困惑《こんわく》していると、会話が一段落ついたと判断したのだろう、ミケーレの案内でローガンが入室してきた。

「お時間をいただきまして、ありがとうございます」

深々と頭を下げたローガンがそのまま動かないのを見て、エリオルは戸惑《とまど》いながらジュードを見つめる。

「頭を上げることを許すか？」

「あ……許します」

慌ててそう言うと、ようやくローガンが頭を上げた。マナーとしては知っていたが、第三王子とはいえ名ばかりの王子だったエリオルは、王族としての意識が欠けているし、先日はこのようなことはなかったため、咄嗟《とっさ》に行動できなかったのだ。

ローガンは先日とはまるで違った。作り笑いは消え、真剣《しんけん》なまなざしでエリオルを見つめてくる。

「……殿下《でんか》、先日の非礼を心からお詫《わ》びいたします」

そう言うと、もう一度深々と頭を下げた。

「非礼だなどと……お気になさらないでください」

傷つかなかったわけではない。落ち込まなかったわけでもない。けれど、それはローガンの言ったことの多くが本当のことだったからだ。

「お許しいただけるのですか？」

「……もちろんです」

「エリオル、許す必要なんてないんだぞ？」

ジュードの言葉に、エリオルはゆるりと頭を振《ふ》る。ジュードは苦笑したが、それ以上は何も言わなかった。

「感謝いたします。ですが、本日は、謝罪のためだけに参ったのではございません。どうか、陛下に退位を思いとどまるよう、説得していただきたいのです」

苦渋《くじゅう》の滲《にじ》む声にエリオルは、ジュードが本当に退位すると告げたのだと知って愕然《がくぜん》とする。

「ジュード……」

「なんだ？」

「なんだ、ではありません。……本当は分かっているのでしょう？　私にはこの国の状況《じょうきょう》が見えていませんが、それでもこんなにも突然《とつぜん》、王が退位するとなれば大変な混乱を呼ぶということくらいは分かります。ジュードはそんな無責任なことはしないでしょう？」

「……エリオルはそう思うのか？」

「ええ。ジュードは誰《だれ》よりもやさしい人ですから。民《たみ》が困るようなことを、本当はしたくはないのでしょう？　私のために無理をしないでください」

エリオルの言葉に、ジュードが困ったように苦笑する。

「俺は本当に、エリオルがいればいいんだが……エリオルがそう言うなら、仕方ないな」

ジュードはそう言うと、エリオルの肩《かた》を抱《だ》き寄せてこめかみに軽くキスをした。

くす」

「エリオルが望むなら、そして、エリオルが見守っていてくれるなら、俺は王として最善を尽《つ》くす」

それはエリオルに言っているようにも、ローガンに言っているようにも聞こえた。

もともとジュードは王を辞める気などなく、ローガンにジュードにとってのエリオルの存在の大きさを知らしめようとしたのだろうと思う。

いわゆる茶番だ。

ローガンもそれくらいはちゃんと分かっていそうなものだけれど……。

それだけこの国では王権が大きいということなのかもしれない。礼を口にしてもう一度頭を下げたローガンに、慌《あわ》てて頭を上げるように言いながら、エリオルはそんなことを考えていた。

「今日は一緒《いっしょ》に散歩できなくて悪かったな」

ローガンが部屋にやってきたあの日から三日後。一緒に夕食を摂《と》りながら、ジュードがしょんぼりと肩を落とした。耳もどこか力ない感じにへにょりとなっていて、エリオルはそっと目を撓《たわ》めて微笑《ほほえ》む。

「気にしないでください。体調もいいですし、散歩にまで付き合わなくて大丈夫ですよ」

「俺が大丈夫じゃない」

エリオルの言葉に、ジュードがすぐさま反論した。

「仕事はちゃんとこなしているから問題ないし、むしろエリオルと散歩することで英気を養ってるんだ。取り上げられたら暴れるぞ」

「暴れるだなんて……」

くすくすと声を立てて笑うと、ジュードが蕩《とろ》けそうに甘い笑《え》みを浮《う》かべる。幸せそうなその笑顔が嬉《うれ》しくて、なのにほんの少し胸が痛むのは、ジュードがこれだけ忙《いそが》しそうなのに、自分はこの三日ただのんびりと過ごしていたからだろう。

語学の勉強もまだ始まっていない。いや、それは教師であるナルカがまだ登城していないせいもあるのだが……。

幸い、体調のほうはもうだいぶよくなっていた。医者からも調子が悪くなければ薬はやめていいと言われているし、食事の内容も香辛料《こうしんりょう》や肉の量以外は、ごく普通《ふつう》のものになっている。肉と香辛料は体調に合わせているというより、エリオルの味覚や許容量に合わせたものだろうから、今後も内容はこのままだろう。

「ただ、もう少ししたらエリオルは今より忙しくなる。もちろん、体調には配慮《はいりょ》するつもりだが……」

「私が？」

ジュードではなく？　と首を傾《かし》げると、ジュードが頷《うなず》く。

「結婚《けっこん》式の打ち合わせや、練習なんかがあるからな。それと、ナルカも城に到着《とうちゃく》したから、エリオルがよかったら、明日《あした》辺り顔合わせをしようかと思っているんだが、どうだ？　体調はよさそうに見えるが」

「え？　ええと……」

思わぬ情報量に、エリオルは少し混乱する。けれど、何度か瞬《まばた》きをしたあと、口を開いた。

「サイナード先生の件はありがとうございます。顔合わせももちろん、問題はありません。早く習いたかったので嬉しいです。ただ……結婚式、というのはまさか、私とジュードのということですか？」

「それ以外の何がある？」

ジュードの眉《まゆ》が少しだけ寄った。

「エリオルは俺の正妃《せいひ》になるのだから当然だ」

「正妃……」

　その言葉に、エリオルの耳にはもう何度も思い返したローガンの声が蘇《よみがえ》る。

　——ただ、くれぐれもお立場を弁《わきま》えていただきたいと、それだけです。

　ローガンはあの日のことを謝罪してくれたけれど、だからといって言われた言葉がなかったことにはならない。エリオルもまた、その言葉に納得《なっとく》していたからこそ……。

「……私は正妃の器《うつわ》ではありません。そもそも獣人族《じゅうじん》でない上に、獣人の皆様《みなさま》を散々虐《しいた》げてきたフルブスク出身です。正妃にはもっとジュードの役に立てる方を迎《むか》えたほうがいいのではないですか？」

　フルブスクの人間が正妃になるなど、国民も望んでいないだろう。

「私のことは、側妃でも妾妃《しょうひ》でも——」

「エリオル、それ以上言うな」

　構わないのですからと、皆まで言う前にジュードの言葉が遮《さえぎ》った。そのいつになく硬《かた》い声に、エリオルはびくりと肩を震《ふる》わせる。同時にジュードが酷《ひど》く険しい顔をしていることに気付く。

「エリオルの言うこと、したいことならば何でも認め、叶《かな》えてやりたいが、お互《たが》い以外の相手に情を傾《かたむ》けることに関してだけは許さない」

これまで向けられたことなど一度としてない厳しい視線に威圧《いあつ》され、エリオルの頰《ほお》から血の気が引く。

「ローガンの言葉は忘れろ。俺は誰が何と言おうと、エリオル以外を妃《きさき》に迎える気はない。側妃も妾妃も持つ気はない。番《つがい》であり唯一《ゆいいつ》の妃であるエリオルが正妃となるのは当然だろう？」

そう言うと、ジュードはようやくエリオルから視線を外し、肉を口に運んで咀嚼《そしゃく》する。だが、エリオルは視線が逸《そ》れたことで威圧感からは解放されたものの、なお呆然《ぼうぜん》としたままだった。

唯一の妃。ジュードはそう言った。だが、それでは……。

「跡継《あとつ》ぎはどうなさるのです……」

ぽつりと、エリオルの口から零《こぼ》れた言葉に、再びジュードの目がエリオルを見る。

しかし、その視線からはすでに険が抜《ぬ》け、エリオルの言葉を理解したのかむしろ甘くなった。

「もうそんなことまで考えてくれているのか」

エリオルとしては、どうしてそこでジュードが嬉しそうにするのか意味が分からない。

「だが、俺としてはまだまだエリオルと二人きりで楽しみたいな。お互いまだ若いんだ。のんびり考えればいい」

「ですが、王には後継《こうけい》が必要でしょう？」

確かに焦《あせ》るような年齢《ねんれい》ではない。だが、いずれはどうしても必要になる。なんの見通しもないと思っている。養子をとってもいいと思っている。

「エリオルがどうしてもと言うなら……いざというときは、養子をとってもいいと思っている。お前にあまり負担は掛《か》けたくないからな」

養子という言葉に、ジュードも考えてはいるのか、と少しだけ安堵《あんど》する。

「考えがあるのなら、いいのです」

そう言って、エリオルはスープを口に運ぶ。なめらかなポタージュはやさしい甘さで、少しほっとした。

もちろん、正直に言えばエリオルだってジュードに他《ほか》の婚姻《こんいん》相手ができることを歓迎《かんげい》しているわけではない。ジュードはやさしいから、番でなかったとしても、娶《めと》ったならばその相手も大切にするだろう。

しかもその場合、相手は自分よりずっとジュードにふさわしい女性なのだ。想像するだけでも、胸が苦しくなる。

とはいえ、やはり自分が正妃というのはどうなのだろうと思う気持ちもまた捨てきれなかった。

そもそも自分は王妃になど向いてない。そんな教育はまったく受けていないし、この国のこともよく分からない。獣人でもないし男だ。その上、出身は長く獣人を差別し虐げてきたフルブスク……。ロードリアの民《たみ》に歓迎されるはずもない。

ローガンの言っていたことは尤《もっと》もなのだ。きちんと弁えたほうがきっといい。

けれど、ジュードはいつだって本当に自分を大切にしようとしてくれている。それだけは、間違《まちが》いない。本当に、ジュードだけは、エリオルを正妃にと望んでくれているのだ。

その思いに応《こた》えたい気持ちは、エリオルにもある。

正直、正妃が務まるとは思えないし、この国で王妃が負う責任や仕事にどういったものがあるのかも知らない。まずはそれを知るべきだろう。そうして、いずれは多少であってもジュードの役に立てたらいいのだが……。

幸い、明日には語学の教師であるナルカ・サイナードと引き合わされる。まずは、そこからだろう。だが……。

「語学とは別に、この国についても学ぶことはできるでしょうか？」

エリオルの問いに、ジュードが嬉しそうに笑う。

「エリオルならそう言うかもしれないと思っていた。ナルカは語学以外にも一通りのことは教えられる。エリオルが学びたいと言えば、教えてくれるはずだ」

「そうなんですか？」

エリオルは驚《おどろ》いて目を丸くした。どうやら、ジュードはエリオルが思うよりずっと、周到《しゅうとう》に考えていてくれたらしい。

「俺も昔、ナルカに教師をしてもらったことがあるんだ」

ジュードも教わった、と聞いてますます楽しみになってきた。

「いつぐらいの話ですか？」

「エリオルに会うよりも前と、国に戻《もど》ってから……十五くらいまでか。俺がフルブスク語を話せたのは、ナルカの教えがあったからだ」

その言葉になるほど、と納得する。ジュードがなぜ、フルブスク語を話せたのかは、確かに不思議に思っていたのだ。

「教師をと聞いて最初に思い浮《う》かんだ相手だ。本当ならエリオルには俺が全部教えてやりたいところだが、さすがに難しいからな。面白《おもしろ》い教師だから楽しみにしているといい」

「ええ、とても楽しみです」

ジュードがそこまで言うのだから、きっと本当に面白くて、何よりいい教師なのだろう。語学に広い知見があるという話でもあったし……。

なにより、ジュードはエリオルが語学以外にも学びたいと言い出すと思っていてくれたのだと思うと、期待されていたような気がして嬉しくなる。

「ジュード、本当にいろいろと気を遣《つか》ってくれてありがとうございます」

「エリオルのためなんだから、これくらいのことはなんでもない。……だが、喜んでいるならご褒美《ほうび》をくれ」

「ご褒美、ですか？」

エリオルはきょとんとして、何度か瞬《しばたた》く。残念ながら、エリオルにはジュードにあげられるものなどほとんどない。だが、ものではないというなら……。

「もちろん、私にできることならばなんでも」

そう口にすると、ジュードはじっとエリオルを見つめる。

「なんでも、などと言っていいのか？」

少し低い声でそっと囁《ささや》くように言われて、ドキリとした。けれど……。

「ジュードになら、何を望まれても構いませんから」

エリオルがそう言って微笑《ほほえ》むと、ジュードは少し狼狽《うろた》えたように頬を染め、視線を逸らした。

「これだからエリオルは……。今夜は覚悟《かくご》しておけよ」

「俺のつけた跡《あと》も、ほとんどなくなったな」

夕食のあと、ベッドの上でエリオルの服を一枚一枚剝《は》ぎ取りつつ、ジュードの指が口づけの跡を辿《たど》る。

確かに、ここに着いた頃《ころ》はくっきりとしていた口づけの跡は、もううっすらとしか残っていない。

「またいくらでも、つけてください」

ジュードが自分に残すものなら、きっとなんだって嬉《うれ》しいと思う。

「そんなこと言われると、隅《すみ》から隅まで歯形を付けてやりたくなるからやめろ」

首筋を甘噛《あまが》みされて、エリオルは笑う。けれど、くすぐったさに快感が混じるようになるのに時間はかからなかった。

「ん……っ」

指で撫《な》でられて尖《とが》った乳首《ちくび》をちゅっと吸い上げられ、エリオルは首を竦《すく》める。

服はもう全《すべ》てベッドから落とされて、エリオルは裸《はだか》になっていた。反対に、ジュードのほうはまだ襟元《えりもと》を緩《ゆる》めただけで、シャツもズボンも身につけたままだ。

自分もジュードを脱《ぬ》がしたほうがいいのだろうかと思うけれど、あちこちに口づけを落とされ、指先でくすぐられて、それどころではない。

初めて抱《だ》かれたときよりも、さらに感じやすくなっているように思うのは気のせいだろうか。いや、ジュードがエリオルの気持ちのいい場所を、熟知しつつあるということなのかもしれないが……。

だが、今夜はただ快楽に流されていてはいけないということを思い出したのは、一度目の絶頂のあとだった。

「あっ、じゅ、ジュード……待ってください、んぅっ」

中に入れられていた指を増やされながら、エリオルは頭《かぶり》を振《ふ》る。イッたばかりのせいで、香《こう》油《ゆ》で蕩《とろ》かされたそこはきゅうきゅうと指を締《し》めつけていて、少し動かされただけで快感を覚えてしまう。

「この状況《じょうきょう》で待てるはずがないだろ」

「で、でもっ、あ、んっ、ご、ご褒美……」

「うん？」

ジュードの指がようやく止まった。荒《あら》い息を零《こぼ》しつつ、ジュードを見つめると、怪訝《けげん》そうな顔をしている。

「ご褒美を、あげるって……私、何をしたら……」

すでに荒くなりつつある息を吐《は》いて、どうにかそう口にした。

「なんだ、気付いてなかったのか？」

ジュードはそう言うと少し呆《あき》れたように笑う。

「エリオルを抱かせてくれっていう意味だったんだが」

思わぬ答えに、エリオルはいつの間にか涙《なみだ》を含《ふく》んで少し重くなったまつげを瞬かせた。

「こんなことで、いいのですか？」

「何よりも嬉しいけどな」

「あぁっ」

ぐり、と中をかき混ぜるように指を動かされて、エリオルの腰《こし》が震《ふる》える。

「でも、これでは……」

「不満か？」

そう訊《き》かれれば、不満というわけではもちろんない。だが……。

「私にとってもご褒美になってしまうのに……いいのでしょうか」

自分ばかりもらいすぎなのではないだろうか？　少し不安になって訊いてみたが、ジュードからはなぜか唸《うな》り声が返ってきた。

「エリオル……」

「はい？」

「明日《あした》はナルカと顔合わせがあるのだから、多少は手加減しなければと思ってたってのに……さすがに俺は悪くないと思う」

ジュードが何を言っているのか、エリオルにはよく分からない。けれど、エリオルが首を傾《かし》げている間に、再び指がエリオルの中をかき混ぜ始めた。

「ん、んっ……あぁ……っ」

指が、触《ふ》れられるだけで気持ちがよくなってしまう場所を何度も擦《こす》り上げる。久し振りの行《こう》為《い》ですっかり元のように狭《せま》くなってしまったそこは、快感を拾うことだけは忘れていないようだった。

三本に増やされた指で中をかき混ぜられて、ぐちゅぐちゅといやらしい音がする。香油のせいだと分かっているのに、自分のそこが自然に濡《ぬ》れているのではないかと錯覚《さっかく》しそうになる。

「も……あ……っ、あっ…あっ…あぁ……っ」

気持ちよくて仕方がなかった。ジュードの言葉の意味を尋《たず》ねたいと思うのに、まともな言葉を喋《しゃべ》ることはもう難しい。その上、この先を知っている体は、もっともっとと求めてしまう。ジュードのものが欲しかった。ジュードが好きで、ジュードのものになりたい。ジュードが欲しい。

「ジュード……っ」

指を抜《ぬ》かれて、欲しいものの名前を呼ぶ。

片足だけを肩《かた》に掛《か》けられて、指で広げられていた場所にジュードのものをぐっと押しつけられた。

「あっ、あ……っ」

ずぶずぶと中に入り込んできたものに、がくがくと体が震える。

「エリオルの中、狭くて、気持ちいい」

中を突《つ》くようにされながらそう言われて、体が勝手にジュードのものを締めつけた。自分も気持ちいいと伝えたかったけれど、言葉にならない。

ただ、かき混ぜられるたびに声が零れた。

「あっ、いいっ……ふぁ、あ、あっあっ」

「エリオル……っ」

ジュードの声に、体の奥が震える。

「も、……あっ、出る……っ……出ちゃ……ジュードのものがずるりと抜け出た。

二度目の絶頂に脱力《だつりょく》した体から、ジュードのものがずるりと抜け出た。

「ひ……ぅ……っ」

ジュードがエリオルの足を下ろして、今度はうつ伏《ぶ》せにさせられる。

そのまま腹の下に枕《まくら》を入れられて、背後からもう一度突き入れられた。

「あっ、あっ……まだ……っ、あっあっあっ」

がくがくと揺さ振るように中を突かれる。

その上、イッたばかりで敏感《びんかん》になっている場所をジュードの手で擦られて、気持ちよさのあまり涙が零れた。

腰から下が、とろとろに溶《と》けてしまっているんじゃないかと思う。

「あっ、や……ぁっ、も、あっ、ああ……っ」

そして、ジュードのものが中を濡らした衝撃《しょうげき》で、エリオルはまた絶頂を迎《むか》えてしまったのだった……。

午後の茶の席で出会ったナルカ・サイナードと名乗った男は、随分《ずいぶん》と若く見えた。年寄りだと言っていた気がしたが、聞き間違《まちが》えだったのだろうかと思うほどだ。

ちなみに顔合わせが午後になったのは、昨夜《ゆうべ》の行為のせいでエリオルが昼過ぎまでベッドを出られなかったためである。

ジュードの姿がないのは、ナルカがそう願ったからだと聞いている。それを受け入れたところからして、ジュードのナルカに対する信頼《しんらい》が見えるというものだ。

それにしても、一体いくつなのだろう？

もちろん若いといっても、自分やジュードよりは上に見えたが、ローガンよりは随分と下、三十手前にしか見えない。

だが、子ども時代のジュードの教師をしていたことを考えれば、そんなに若いはずがない。

よほどエリオルが不思議そうな顔をしていたのだろう。ナルカは笑って、事情を説明してくれた。

「龍族《りゅうぞく》、ですか？」

「ああ、父がそうなんだ。実際の歳《とし》はもう百二十を超《こ》えている」

龍族というのも初めて聞いた。エリオルが戸惑《とまど》っていると、ナルカは龍族の寿命《じゅみょう》が人や獣人《じゅうじん》のそれより遥《はる》かに長いということを教えてくれる。

「個体差が大きいんだけど、短くても二百年、長ければ千年以上を生きる」

「千年？」

途方《とほう》もない時間だ。国の興《おこ》りから滅《ほろ》びまでを見守ることすら可能なほどの長さを生きるものがいるというのは、驚《おどろ》きだった。

「私も会ったことはないけどね。父は一度だけ八百歳を超えた龍族に会ったことがあると言っていたよ。龍族は国を持たないから、同族に会うのも稀《まれ》なんだ。一応里と言われる場所はあるんだけどね」

エリオルは初めて聞く話に、目をきらめかせる。

「先生には――ああ、先生とお呼びしてよろしいですか？」

そう言うと、ナルカは笑顔《えがお》で頷《うなず》く。

「先生には、その龍族の血が混ざっているので、普通《ふつう》の人間よりは長く生きられるんですね」

「正確に言うと少し違うかな。獣人や亜人種《あじんしゅ》と人間が交わると生まれてくるのは混血のはずなのに、特徴《とくちょう》や性質は人間以外のものに偏《かたよ》るというのは知ってる？」

「知りませんでした。そうなのですか？」

人間としての特性は遺伝しないということなのか。

「うん。だから例えば、きみとジュードに子が生まれれば、子は獣人になる」

「なるほど……」

もちろんそんな可能性はないが、分かりやすい例として挙げてくれたのだろうと思いつつ頷く。

「人間は不思議な存在だよね。獣人とも、龍族とも、他《ほか》の亜人種とも子が生《な》せる種族は人間以外にはいない。人間を特別な存在だとする宗教の中には、この点を挙げて人は神に遣《つか》わされた種族だ、とするものもある。反面、その子からは人間の特徴がなくなるから劣《おと》った存在だ、と主張する者もいる。実際、人の繁殖《はんしょく》力が高くなければ、すぐに他の種族に呑《の》み込まれただろうね。フルブスクのような国が獣人や亜人種を差別し、排除《はいじょ》しようとしたのもその辺りに原因が
……と、話が逸《そ》れちゃったな」

ナルカはそう言って苦笑《くしょう》する。エリオルとしては、とても興味深い話ではあった。実際、フルブスクの国教では、人間を特別な種と定義していた。

だが、子には人間としての特性がなにも受け継《つ》がれないということは……。

「不勉強で申し訳ありません。つまり先生は血が混ざっているというより、龍族そのものだから長命ということなのですね？」

「ああ、そうだよ。だが、不勉強だと謝る必要はない。これから学ぶんだからね」

そう言って微笑《ほほえ》んだナルカを見て、エリオルはすぐにナルカに好意を抱《いだ》いた。

「それで、まずは言語だと聞いたけど、変わった依頼《いらい》だったね」

くすりと笑われて、エリオルはほんのり頬《ほお》を染める。

「私の言葉は、陛下に対するものとしては丁寧《ていねい》すぎるそうです。本来は、陛下にこそ丁寧でいいと思うのですが……」

「フルブスク語で話している程度でいい、と陛下からは聞いているよ。そこで、今日はフルブスク語で話をしよう。私にも陛下に対するのと同じように話して欲しい。そうでないとどの程度のものか分からないから」

それは確かにそうだ。ロードリア語を学ぶつもりで来てもらっているのに、おかしな話ではあるが……。

「分かりました……ではなくて、ええと、分かったよ」

エリオルがフルブスク語に言い直すと、よくできました、と言うようにナルカが微笑む。

「じゃあ、講義の内容についてだけど、まずは身近なことから学んでいくのはどうだろう？　フルブスクにいてはロードリアの正確な情報は、ほとんど手に入らなかっただろうから、学ぶべきことはいくらでもある。だからこそ、まずは陛下のことやその周辺から学んで、その中で興味の出てきたことに広げていく形にしたらどうかと思ってね」

フルブスク語でそう語ったナルカに、エリオルは大きく頷いた。異論は全くない。実際、ジュードのことを知ることができるのは、とても嬉《うれ》しい。

その後、講義の時間は、毎日午後の一時からお茶の時間までの約二時間と決められた。

「随分楽しそうだな」

ジュードと一緒《いっしょ》に昼食を食べていると、どこかつまらなそうにそう言われてエリオルは首を傾《かし》げる。

「ナルカの講義は楽しい？」

「え、う、うん、楽しいよ」

どうしたのだろうと思いながらも頷く。ナルカの講義が始まってから、すでに十日以上が経《た》っていた。

今まで、身分からすれば信じられないほど、自分は教育を受けてこなかったので、学べることが嬉しい。それに何より、学ぶたびに少しずつでも前進していると感じることで、徐々《じょじょ》に元気も出てきた気がする。

ジュードに対するエリオルの言葉遣いもすっかり修正されて、ジュードも機嫌《きげん》がよかったのだが……。

「ジュード？　何かあったの？」

自分が楽しんでいる間に、ジュードのほうは何か問題でも起こったのだろうかと、心配にな
る。

「そういうわけじゃない」

ジュードはあっさりそう言ったけれど、珍《めずら》しくエリオルから視線を逸らしていた。

絶対に何かあるのだとは思うけれど、どう訊《き》いたらいいか、そもそも訊いてもいいことなの
かも分からず、エリオルは沈黙《ちんもく》する。

自分が頼《たよ》りにならないことが残念ではあったけれど、国王というジュードの立場を思えば、
言えないこともきっとたくさんあるのだろうということくらいは想像がつく。

そもそも自分はまだ、ジュードと正式に結婚《けっこん》したわけでもないのだし……。

などと考えていたら、ジュードが盛大なため息を吐《つ》いた。

「おかしな態度を取って悪かった」

「そんな、別に、謝らなくていいよ？　言えないこともあって当然だよ」

エリオルが慌《あわ》ててそう言うと、ジュードはなんとも言えないばつの悪そうな顔になる。

「……いや、そういうわけじゃない」

そう言うと、もう一度ため息を吐いて、苦笑した。

「つまらない嫉妬《しっと》だ」

「嫉妬？」

どういうことだろうと首を傾げそうになって、ハッと気付く。そして、情けない気持ちになって肩《かた》を落とした。

「……ごめんね。ジュードは毎日仕事で忙《いそが》しいのに、僕だけ楽しく過ごしてて……」

「え？　あ、いや違《ちが》う。違うぞ？」

今度はジュードが慌てたように言う。そして、参ったというように片手で目を覆《おお》うと、渋々《しぶしぶ》という様子ではあったが口を開いた。

「ナルカならエリオルと上手《うま》くやっていくと思ってはいたけど、実際二人が楽しそうにしているのを見ると……羨《うらや》ましくなった。ナルカだけじゃなく、ミケーレとも随分《ずいぶん》仲良くなったようだし……」

思わぬ言葉に、エリオルはぽかんと口を開き、しばらくして我慢《がまん》できずに笑い声を立てる。

「……笑うなよ」

ほんの少し頬を染めて言うジュードに、エリオルは微笑んでしまう。仕方ないと思う。だって余りにも的外れだ。

だってそれは……。

「全部、ジュードのおかげなのに」

エリオルはそう言うと、止まっていた手を動かして、白身魚を口に運ぶ。

口の中でほろりと崩《くず》れるそれをゆっくりと咀嚼《そしゃく》し、飲み込んでからジュードを見つめる。先ほど嫉妬していると言われたときは、しょんぼりして食欲がなくなってしまいそうだったが、すっかり持ち直していた。

ジュードにとって、エリオルが別の相手に心を寄せるのが珍しいのだろう。

これまで自分にはずっとジュードだけだった。あの部屋にいたときはもちろん、ここに来てからも、エリオルが心を開いていたのはジュードだけ。

けれど、ここ最近はナルカや、新しく侍従《じじゅう》になってくれたミケーレのことを信用できるようになった。全部、ジュードのおかげだ。

「ジュード、講義は楽しいよ。ジュードが玉座を手にした事情についても聞いた」

第一王子派の残党が未《いま》だに潜伏《せんぷく》していて、内乱の後始末がまだ完全でないことも、第一王子派は獣人《じゅうじん》原理主義で人間を排除した国を作ろうとしていたことも。

そもそも何代か前から国としては、人間とよりよい関係を作っていくべきだというのが主な方針で、ジュードやローガンなど現在の王家派閥《はばつ》の考えもそうなのだということも聞いていた。

「少しずつだけど、ジュードとこの国のことが分かって、ひょっとしたら、ほんの少しだけでも、僕にもジュードの手伝いができる日が来るかもしれないと考えるのがね、本当に幸せなんだ」

この国では、王妃《おうひ》が政治に関《かか》わることは少ないというのも聞いたけれど、少ないのと全くないのは違う。

「僕が幸せなのは、全部全部、ジュードのおかげだし、ジュードがそばにいてくれるからだよ」

もしも、他《ほか》の全《すべ》てが満たされたとしても、ジュードがそばにいなかったら意味がない。

自分にとって、ジュードはそういう存在だった。

「ジュードが嫉妬することなんて、一つもないんだ」

エリオルがそう言うと、ジュードは困ったように笑う。

「参った……」

「え？」

「すぐにでも抱《だ》きたくなった」

その言葉に、エリオルの頬がカッと熱くなる。別にそんな情欲を煽《あお》るようなことを言ったつもりはなかったけれど……。

「だめだよ。午後は仕事だろう？　僕だってナルカ先生の講義があるし……」

「分かっている。ちゃんと我慢する」

ジュードはため息交じりにそう言うと、鬱憤《うっぷん》をぶつけるように、肉へとかぶりつく。

エリオルはジュードの言いようがまるで子どものようだと感じて微笑《ほほえ》んでいたが、その自分のものより鋭《するど》い犬歯が肉に突《つ》き立てられるのを見つめていたら、なぜか少しだけ、鼓動《こどう》が速くなった気がした。

視線を逸《そ》らし、食事を続ける。

「エリオルはナルカの講義のあとに、衣装《いしょう》の仮縫《かりぬ》いがあるんだったな？」

「あ、うん。そうだね……」

結婚式のための衣装だ。デザインなどは、自分はよく分からないから口を出してもおかしな方向に行くだけだろうと、考えてきてもらったデザインの中から、ミケーレと相談――ほぼ丸投げして決めてもらってしまった。無駄《むだ》な時間を掛《か》けるよりはいいだろうし、ミケーレの返答が「陛下はこちらがお好きかと思います」というものだったので……。

けれど、サイズの確認《かくにん》や調整まで誰《だれ》かに投げてしまうわけにもいかない。

なんとなく、未だに自分がジュードと式を挙げるというのがピンときていないエリオルは、式関連の予定が入るたびに複雑な気分になってしまう。

本当に、自分がジュードの正妃《せいひ》として立つことは、正しいのだろうか……と、考えずにはいられない。幸せな日々の中で、そのことに関する疑問だけは折に触《ふ》れてエリオルの胸を棘《とげ》のように刺《さ》していた。

ナルカの講義の中で、ローガンがどれほどジュードの戴冠《たいかん》のために尽力《じんりょく》したか、そして今なおその治世を宰相《さいしょう》として支えているのかを知ってしまったせいもある。

自分が正妃になることが、国のためにはならないことは最初から分かっていた。それでもジュードの意向に従いたいと思う気持ちと、それは本当にジュードのことを思っていることになるのだろうかという問いは常にエリオルの中にある。幾度《いくど》も幾度も、考えるたびにぎゅっと押し込めて深い場所に沈《しず》めたその問いが、エリオルの心の奥から浮《う》かび上がる。

どれだけ自分が努力しても、ローガンが言っていたような令嬢《れいじょう》や王女のようには役立てないだろう。けれど、それでも、ジュードが求めてくれるなら……。

「完成が楽しみだな」

そう言ったジュードに、エリオルは浮かび上がってきた問いをまた痛みと共に胸の奥に沈め、微笑んで頷《うなず》いた。ナルカの講義を受けて前向きになっているせいか、それでも以前よりは痛みは少なくなっている。

「ジュードのものと対《つい》になるデザインだと聞いたよ。そちらはもう完成しているのだとか」

「ああ、エリオルのものはサイズが分からなかったからな。俺のものを先に仕立てておいたんだ」

なにより、嬉《うれ》しそうに言うジュードを見れば、自分の胸の痛みなど、どうということもないように思えた。

ジュードとの昼食を終え、そろそろナルカの講義の時間も終わろうかという頃《ころ》である。

「あ、そうだ。最後に少し、話しておきたいことがあったんだ」

それまで、王家の直轄地《ちょっかつち》についての話をしていたナルカが、ふと思い出したようにそう言った。

講義の場所はその日によって違い、今日はエリオルの書斎《しょさい》だ。机ではなく、ソファに向かい合って座っての講義だった。テーブルには何枚かの地図が広げられている。

ちなみにフルブスク語で講義があったのは最初の一日だけで、残りは全てロードリア語で行われている。

「どんなお話でしょう？」

「うーん……簡単に言えば獣人の生態について、かな」

「獣人の生態……」

呟《つぶや》いたエリオルにナルカは地図を片付けながら頷いて、再び口を開く。

「獣人に発情期があることは知っている？」

「はい、知っています」

「どう認識しているか聞かせてくれる？」

ナルカに促《うなが》されて、エリオルは自分の知ることを口にする。フルブスクで得た知識には間違ったものが多く、エリオルの認識にもそれが強く反映されてしまっている。そのため、こうして確認されることは多かった。

「獣人には皆《みな》発情期があって、発情時期には種族による違いがある。そのくらいです」

発情期に振《ふ》り回される獣人に対する侮蔑《ぶべつ》については、口にする必要はないだろう。

「うん、間違《まちが》ってない。時期に種族による違いがある、という点についてだけど、意外なことにこれは元の動物と同じというわけじゃないんだ。正確には、同じものもいるけれど違うものもいる。昔と今では違うという種族もいるから不思議なものだよね。ただ、どの種族にも共通することもあるんだ」

なんだと思う？　と問われて、エリオルは考え込む。

「……大人にならないと来ない、とかでしょうか」

「ああ、確かにそれもそうだ。肉体的に成熟を迎《むか》えなければ発情期は来ない。けれど、もう一つ条件がある。それは、番《つがい》を得ること」

肉体的に成熟しても、番がいなければ発情期は来ない。そして、逆もまた然《しか》りだという。

「もっとも、肉体的成熟を迎えるより前に番を得ることは極《きわ》めて珍《めずら》しい。通常は、婚姻《こんいん》を結ぶ相手を番にするし、この国では婚姻は十六歳以上という法律があるからね」

「なら、陛下は……その、珍しい例に……」

「そういうことになるね。そして、殿下《でんか》が近くにいない間も、陛下には発情期があった」

そのことについては、不思議には思わなかった。番を得なければ来ないという知識がなかったため、むしろ誰にでもあるのだろうと思っていたからだ。

けれど……。

「番のいる獣人《じゅうじん》にとって、番なしで発情期を乗り越《こ》えることは、非常に強い苦痛を伴《ともな》うと言われている」

そう言われて、目を瞠《みは》った。

「苦痛って……どういうことでしょうか」

「まぁ、正直に言えば私にも正確なところは分からないんだけどね。龍族《りゅうぞく》は人間と同じように発情期を持たないから。でも、番は持つからその辺りは殿下より理解できるかな……」

軽く首を傾《かし》げたあとに、ナルカが説明してくれたことによると、発情期に番と体を重ねることによって獣人の発情は治まるのだという。それが為《な》されない限り、発情期の期間中――狼《おおかみ》であるジュードは十日前後、強い性的欲求と飢餓《きが》感《かん》に苛《さいな》まれ、眠《ねむ》ることすら難しくなるという。中には正気を失うものもいて、若いほどその傾向《けいこう》は強い。

それを聞いて、エリオルは血の気の引く思《おも》いだった。

「発情抑制剤《よくせいざい》、という発情を抑《おさ》える薬があるにはあるんだ。何らかの事情で発情期に離《はな》れて過ごすことになってしまう夫婦《ふうふ》がいないわけではないからね。けれど、それもまた副作用で体力を奪《うば》い酷《ひど》い倦怠《けんたい》感を生む。それでも期間中ずっと性欲や飢餓感に苛まれるよりは随分《ずいぶん》ましだということで、必要なものはそれを利用している。最近は、陛下の指示でよりよい抑制剤の開発が進められているから、いずれは副作用もなくなるかもしれないけれど」

それでも、ジュードがエリオルのいない間、苦しんできた過去は変えようがない。しかもその間、人間であるエリオルは、ほんの少しの痛痒《つうよう》も感じていなかった。それが余計に辛《つら》い。

「もうすぐ、陛下の発情期がやって来るはずなんだ。はっきりとした時期は、陛下に訊《き》かないと分からないけど……その前にこの話をしておきたかった」

ナルカの言葉に、エリオルはなるほどと頷く。

「何か、準備しておくべきことなどはあるんでしょうか？」

「殿下の場合は周囲が気を配ってくれるはずだから、それに従えば間違いないよ。ただ、体調の管理はしっかりとしておいたほうがいいね。たとえ体を重ねたとしても、すぐに終わるというわけではないんだ。狼の場合は多くは三日前後かかるというよ。私は獣人の番になった人間にも知り合いがいるけれど、体が辛いという話も聞いたことがあるし……。番である獣人が発情期を迎えても、人間のほうは発情するわけではないからね」

「分かりました」

ジュードにとっては、これが初めての番のいる発情期ということになる。

「あの、もう一つ訊いてもいいですか？」

「うん、なんでもどうぞ」

「番と体を重ねてもすぐに終わるわけではないというお話ですが、その間陛下は辛くはないんでしょうか？」

ジュードが辛い思いをするというなら、心情的にも覚悟《かくご》が必要になりそうだと思う。もちろん、ひとときも離れずそばにいたいとは思うけれど……。

エリオルの問いに、ナルカが破顔する。

「それは大丈夫《だいじょうぶ》。むしろ、番と共に迎える発情期は、獣人にとって悦《よろこ》びしかないというからね。大変なのは一方的に殿下のほう。だから、念のために話しておこうと思ったんだ。こんな言い方は不敬だけれど——陛下に寄り添《そ》ってあげて欲しい」

その言葉にほっと胸を撫《な》で下ろし、同時にナルカがこのタイミングで話をしてくれた理由に納得《なっとく》する。発情期中、エリオルが辛い思いをするだろうけれど、ジュードにとってはエリオルと共に過ごすことが、どうしても必要だと伝えたかったのだろう。

「はい。ありがとうございます」

ナルカもジュードを大切に思ってくれているのだと、まざまざと感じて、エリオルは喜びのまま礼を口にした。

ジュードは仕事が長引いているのだろうか……。

寝支度《ねじたく》をしながら、エリオルは小さくため息を吐《つ》いた。普段《ふだん》の着替《きが》えは一人でできるとミケーレには言ってあるため、室内にいるのはエリオルだけだ。

少し気持ちが落ち込んでいるのは、衣装《いしょう》の仮縫《かりぬ》いのせいだ。デザイナーの女性と一緒《いっしょ》に針子らしい何人かの助手の女性が訪《おとず》れたのだが、久し振りに女性に囲まれたせいか、ちらちらと投げかけられる視線のせいか、すっかり気疲《きづか》れしてしまった。

視線が好意的なものばかりならば、気にならなかったかもしれないが……。

エリオルは幼い頃《ころ》から、人の悪意に晒《さら》されて育ってきた。だからこそ、その視線の持つ意味には敏感《びんかん》だ。

デザイナーからは興味を抱《いだ》かれているだけで、むしろそれは好意的なものだったが、針子の中にエリオルを蔑《さげす》むような、静かな悪意を持つ者がいた。

なにをされたわけではないし、態度に出ていたわけでもない。だが、そういう相手がサイズの調整のために針を使うのを間近で感じるのは疲弊《ひへい》する。

それに、本来は、ああいった者のほうが多いのだとも思う。ジュードが守ってくれているからこそ、感じずにいられるだけで……。

とにかく無事に終わってよかった。そう気持ちを切り替《か》える頃には、すっかり寝支度も調《ととの》っていた。

ジュードはまだかなと考えると、まるでそれが分かったかのようにドアがノックされる。返事をすると、ワインとグラスを手にジュードが入ってきた。

「遅《おそ》くまでお疲れ様」

エリオルがそう言うと、ジュードは頷《うなず》いてソファへと向かい、エリオルを手招く。

こうして寝る前にソファで並んで話をするのは、よくあることだった。特に夕食を一緒に摂《と》れなかったときは、こうして酒を酌《く》み交《か》わすことが多い。もう少し時間が遅いときはベッドの中で話すこともある。

今日もそういう気分なのだろうと、エリオルは素直《すなお》に隣《となり》に座った。そして訊かれるままに、今日あったことを話す。針子の態度については、特に報告せずに、知らない人に会うのが久し振りだったので気疲れしたということだけを話した。

それから、今日の講義についても……。

「最後に、発情期についても聞いたよ。——辛い思いをさせてしまってごめん」

謝罪したエリオルに、ジュードは苦笑《くしょう》する。

「気にしなくていい。迎えに行くのが遅くなったのは俺のほうだし、分かっていて、それでもあのときどうしてもエリオルが欲しかったのも俺なんだから」

肩《かた》を抱《だ》かれて、少しジュードに体重を預け、小さく頷く。ジュードの手が、髪《かみ》をやさしく撫でた。

「そう言えば、発情期がいつからかはもう分かっているの？」

「俺の発情期か？」

「うん、もうすぐじゃないかって、言ってたから」

「日にちまで分かるわけじゃない。狼は春と決まっているが、ある程度は個人差があるし……けど、まぁ予定ではもうそろそろだな。前々日くらいには予兆があるがそれまでは毎年の記録を元に予想するしかない」

「そうなんだ」

それによると、四年ほど前は早くてあと十日ほど、去年は少し遅く半月後に来たという。

「仕事も休んで、好きなだけエリオルと睦《むつ》み合えると思うと楽しみだな」

腰《こし》を抱き寄せて、にやにやといやらしい笑《え》みを浮《う》かべるジュードに、ほんのりと頬《ほお》が熱くなる。恥《は》ずかしかったが、これまでのジュードの苦しみを思えば、どうということはない。

「体調を整えておいてくれ」

「うん。分かった」

ナルカと同じことを言うのだなと思いつつ、エリオルは頷く。やはり、体力的には厳しい期間になるのかもしれない。

フルブスクからロードリアに来るまでの間にも、ジュードにずっと抱かれていたけれど、あのときは何度も気を失ったり寝入ったりしてしまった。今回はそんな情けないことにならないようにしたい。

けれど……。

「番《つがい》として、ちゃんと義務が果たせるようにがんばるね」

意気込んでそう言ったエリオルに、それまで嬉《うれ》しそうにしていたジュードが少しむっとしたように眉《まゆ》を顰《ひそ》めた。

「エリオルにとっては義務なのか？」

「え？」

ジュードの言葉にエリオルはぱちりと瞬《しばたた》く。エリオル的には、ようやく自分の役割が果たせる気がして、ほっとした部分もあったのだが……。

「義務だと思われていたとはな……夜ごと触《ふ》れても、エリオルにとって俺との交歓《こうかん》が悦びになる日はまだ遠いらしい」

「え？　え？」

「早く義務だなどと言えない体にしてやりたい」

抱いていた腰をするりと撫で上げられて、エリオルはびくりと体を震《ふる》わせる。

「ま、待って、ジュード、昨日もいっぱいしたのに……」

確かに体調が回復して以来、毎晩のように触れあっているが、いつでも最後までするわけではない。特に激しく抱かれた日の翌日などはキスと軽い触れあいだけで済ますことが多く、今夜もそうだろうと思っていた。

なのに……。

「俺の発情期までに、エリオルが俺の手で発情できるようにしてやるから安心しろ」

まったく安心できない。

正直、毎晩の触れあいでもう十分すぎるほどだ。

「でも、体調を整えろって、ジュードも言っていたでしょう？　あ、あんまり激しくされると、その……」

「まだ時間はある。だったら、今のうちに体力を付けるのもありだろう？　発情期の間はずっと抱かれていることになるんだぞ？　気持ちよくなれないとかわいそうだ」

言いながらボタンを外そうとしてくる手を止めようとするけれど、避《よ》けられたり手を握《にぎ》られたり、挙げ句は指先にキスされて狼狽《うろた》えている間に少しずつ夜着を脱《ぬ》がされてしまう。

もともとボタンの数も少なく、脱がしやすい服なのである。

「気持ちよくって……んっ、そ、なの、ちゃんと……」

ジュードに抱かれているときは、いつだって自分でも訳が分からなくなるくらい気持ちがいいと感じているのに……。

「ちゃんと、何？」

「あ……っ、ん」

とうとう夜着のシャツの前を開かれて、昨晩散々触れられたせいで未《いま》だに赤みを増したままの乳首《ちくび》を指先で撫でられた。

気持ちがいいだけではなく、初めてジュードに抱かれたときより、確実に大きくなっている気がして、そこに触れられるのは恥ずかしい。

「ちゃんと……んっ、気持ち、いいから……ぁっ」

もっと尖《とが》らせようとするみたいに、指の間に挟《はさ》んでくりくりと弄《いじ》られると、腰の奥がじんとする。

「本当に？」

「ん、ほ、本当……っ」

こくこくと頷くと、ジュードがじっとエリオルを見つめる。

「だったら――いつもどこが気持ちよくなってるか、見せてみてくれ」

「え……？」

ジュードの指が、エリオルから離《はな》れる。

気持ちよくなる場所を見せる？

どういう意味だろうと戸惑《とまど》うエリオルに、ジュードの唇《くちびる》が弓を描《えが》く。けれど、その目までは笑っていないように感じた。

「本当に気持ちがいいと思って抱かれているなら、どこが気持ちがいいのか、教えられるはずだろ？　ちゃんと、俺に見せて、教えて」

見せて教える……。言葉の意味が脳に浸透《しんとう》するまで、少し時間がかかった。

そして、理解した途端《とたん》、頬がカッと熱くなる。

「ど、どこって……あの」

「教えて？」

羞恥《しゅうち》のあまり狼狽えているエリオルに気付いているだろうに、ジュードは容赦《ようしゃ》するつもりはないようだった。

「……怒《おこ》ってる？」

「エリオルが本当に、俺に抱かれるのを気持ちがいいと思ってくれているなら、怒らない」

だから証明してくれと言われて、エリオルはごくりと唾《つば》を飲み込む。

けれど、自分が恥ずかしいと思うことより、ジュードが怒るようなことを言ってしまったという事実のほうが辛《つら》い。

エリオルはおそるおそる胸元《むなもと》に手を当てて、ジュードに弄られて尖ったままの乳首を指さす。

「……ここ」

「乳首が気持ちいいのか？」

はっきりと言葉にされて、ますます頬が熱くなるのを感じながら小さく頷く。

「どうされると気持ちがいい？」

そんなことまで言わなければならないのかと思いながらも、口を開いた。

「指で、つ、摘《つ》まれたり、撫《な》でられたり……口で、す、吸い上げられるの……」

「それだけか?」

「舌でぐりぐりって舐《な》められる、のも……ちょっとだけ噛《か》まれるのも、好き」

「エリオルはぐりぐりされるのも、噛まれるのも好きなんだ?」

恥ずかしくて仕方がないけれど、ジュードが嬉しそうな顔をするので頷《うなず》いてしまう。

「他《ほか》は? どこが気持ちいい?」

訊《き》かれて、エリオルの手が、足の間へと向かう。少し乳首を触《さわ》られただけなのに、わずかに硬《かた》くなっている場所を指さす。

「ちゃんと見せて」

「……っ」

息を呑《の》み、震える唇を引き結ぶと、エリオルはそろそろとソファから立ち上がる。そして、ウエストの紐《ひも》をほどき、ゆっくりと下着ごとズボンを下げた。

「ここ……撫でられるのも、擦《こす》られるのも……気持ち、いい」

「口でするのは、気持ちよくない?」

「あ、あれは……!」

昨日初めて、ここを舐められたことを思い出して、エリオルは言葉に詰《つ》まる。

「気持ちよくなかったか?」

「……気持ち、よかったけど、でも、だめ……汚《きたな》い、から」

ふるふると頭《かぶり》を振《ふ》ると、ジュードはくすりと笑って「残念だ」と言った。恥《は》ずかしかったけれど、なんとなく、もう怒っていないようで、ほっとする。

けれど……。

「そこで終わり？　もう気持ちのいいところはないのか？」

そう訊かれて、エリオルは迷った。もちろん、ないわけがない。本当は、一番気持ちよくなってしまうところが残っていた。

でも、そこを自分からジュードに見せるのは、酷《ひど》くはしたないことのように思える。

それに……。

「――……全部」

エリオルの囁《ささや》くような声に、ジュードが軽く目を瞠《みは》った。

「ジュードに触られると、どこも、全部、気持ちよくなる、から……」

嘘《うそ》ではない。本当のことだった。神経が通っていないはずの髪《かみ》にだって、触れられればふわふわとした気持ちになってしまうくらいなのだ。

エリオルがそう言うと、しばらくしてジュードがため息を吐《つ》いた。

「ずるいけど、もう、それでいい」

そう言って、エリオルの腕《うで》を引く。

「あっ」

ズボンと下着が足首に絡《から》まって倒《たお》れそうになったけれど、強い力で膝《ひざ》の上に抱《だ》き上げられて、そのまますると抜《ぬ》き取られた。

そうして、夜着のシャツ一枚でジュードの膝を跨《また》ぐようにして座らされる。

「ジュード……僕、ジュードに抱かれるのを義務だって思ってるわけじゃないよ。ただ、やっと僕がジュードの役に立てるときが来た気がして、嬉《うれ》しかっただけなんだ。それは、信じて」

エリオルがそう言うと、ジュードは頷いてそっとキスをしてくれた。

「分かっている。意地悪して悪かった」

顔中に触《ふ》れるだけのキスをされて、安堵《あんど》に体から力が抜けてしまう。

「でも、やっととか思わないでくれ。エリオルは俺のそばにいてくれるだけで、ものすごく役に立っているんだからな」

「……うん」

そんなふうにはとてもじゃないけれど思えなかったが、ジュードのやさしさが嬉しくて、エリオルはこくんと頷いて、その胸にもたれかかる。

けれど、ほっとしていられたのはそこまでだった。

「ん……っ」

膝を跨いでいるせいで自然と開いてしまっている尻《しり》をふにっと揉《も》まれて、エリオルは腰《こし》を震《ふる》わせる。

「じゅ、ジュード？」

「うん？　なんだ？」

顔を上げて見つめると、ジュードは微笑《ほほえ》んで首を傾《かし》げる。

「なんだっていうか……あっ、んっ」

左手で尻を揉みしだきながら、右手の指が窄《すぼ》まりに触れた。昨夜《ゆうべ》散々ジュードのものを呑み込まされたそこは、表面をすりすりと擦られただけで、口を開けるようにひくりと震える。

「ほ、本当に、今夜もする、の？」

「だめか？」

「ん……っ」

問いながらもつぷりと指先を入れてくるジュードに、エリオルは膝を震わせる。

「どうしても、だめか？」

ほんの少し甘えるような語尾《ごび》に、エリオルは結局拒《こば》みきれずに頭を振ってしまった。

ジュードが嬉しそうに笑って、中に入れた指を揺《ゆ》らす。それだけでエリオルのそこは昨晩のことを思い出したかのように綻《ほころ》んでいく。香油《こうゆ》を纏《まと》った指が増やされても、拒むことなく呑み込んだ。

「あ……あっあぁ……っ」

触れられるだけでも気持ちのいい場所を何度も擦られて、エリオルはジュードの首筋に額を擦り付けるようにして身もだえる。

快楽に身も心も溶《と》けていく。もう親しんでしまった香油の香《かお》りが室内に満ちる頃《ころ》、エリオルの中をジュードが満たした。

「ひ、あっ……あ、あ、あっ」

深くまで入り込んできたもので奥を突《つ》かれる。怖《こわ》いくらい奥まで入り込んでいるそれがただ気持ちがよくて、突き上げられるたびにエリオルの唇《くちびる》からはひっきりなしに濡《ぬ》れた声が零《こぼ》れる。

ジュードの硬《かた》い腹筋に擦れる前からはとろとろと先走りが溢《あふ》れ、二人の腹を濡らしている。

気持ちよくなれないとかわいそうだとジュードは言ったけれど、エリオルとしてはむしろ、こんなに気持ちがよくて大丈夫《だいじょうぶ》なのだろうかと不安になる。

体が溶け出しそうなほどの快感を三日間も注がれて、自分は形を保っていられるのだろうか。初めての行為《こうい》のときでさえ、自分は随分《ずいぶん》と気持ちよく蕩《とろ》けてしまっていたのに。

指の先まで痺《しび》れるような快感に侵《おか》されながら、エリオルは縋《すが》るようにジュードの肩《かた》を抱きしめていた……。

一カ所服のデザインに変更《へんこう》があって、その確認《かくにん》に人が来るという話と、ジュードの発情期が明日か明後日《あさって》には始まりそうだという話は、同時にやってきた。

急遽《きゅうきょ》、ナルカの講義は取りやめとなり、午後一番に衣装《いしょう》係の訪問、その後は発情期のための準備の時間ということになった。

衣装係の訪問が明日以降に重ならなくてよかったと思う。もちろん、重なっていれば、そちらの予定はずらすことになっただろう。だが、ジュードの希望で結婚《けっこん》式の準備期間が通常よりも随分と短いらしく、衣装係にも無理を強《し》いている部分があるのではないかと考えると、素早《すばや》く対応ができたことに安堵する。

昼食は一人で摂《と》った。ジュードは発情期の前に片付けておく仕事があるらしく、ここ数日は特に忙《いそが》しそうだ。何か手伝えればよかったのだけれど、と思いながらも少し増えた食事に口をつける。

一週間ほど前、ナルカとジュードから発情期について聞いて以来、食事の内容に少し変化があった。体調に配慮《はいりょ》しつつではあったが、少し量が増え、間食なども多めに用意されるようになっている。食べて体力を付けたほうがいいということなのだろう。

「デザインの変更って、どうしたんだろうね？」

食事を終え、食後のお茶を淹《い》れてくれているミケーレに、なんとはなしに尋《たず》ねる。

「予定していた生地《きじ》を積んでいた船が事故に遭《あ》い、万が一を考えて別の生地にすることも検討したいそうです。その場合は多少上着の裾《すそ》の長さを変えたいと」

「そうなのか……」

こだわりがすごい、と人ごとのように思う。

正直なところ、エリオルはデザインに口を出したいと思ったことはないため、好きにしてくれてかまわないのだが、向こうとしてはこちらの了承《りょうしょう》がとれないと困るのだろう。

エリオルとしては、ジュードがよければそれでいいのだけれど、ここでジュードに投げて仕事を増やす訳にはいかない。またミケーレには世話をかけてしまうが……。

「頼《たよ》りにしている、と言ったら迷惑《めいわく》かな？」

「いいえ。光栄です」

ミケーレが楽しそうに微笑んでくれるので、ほっとする。

お茶の注がれたティーカップが目の前に置かれた。口をつけると初めて飲む味だったが、悪くはない。

「そう言えば、発情期のための準備というのは、その……」

「いろいろとございますよ」

「いろいろ？」

楽しげな表情に、むしろ少し不安になる。

「殿下《でんか》をお迎えしてから初めての発情期ですし、人間は獣人族《じゅうじん》よりも入念な準備が必要なのです。もちろん、お肌《はだ》や御髪《おぐし》も思う存分磨《みが》き上げさせていただきますね」

「えっ？　でも……」

ジュードにはすでに何度も抱《だ》かれているのだ。それに、体調がよくなって以降、肌も髪《かみ》も屋《や》敷《しき》にいたときとは比べられないほど、きれいに整えてもらっていると思う。

「別に、今更《いまさら》、これ以上肌や髪を気にする必要はないんじゃないかな……？」

もう一杯《いっぱい》どうぞ、と差し出されたお茶を受け取りつつそう言ってみたけれど、返ってきたのは輝《かがや》くような笑顔《えがお》とはっきりとした否定の言葉だった。

「番《つがい》と過ごす初めての発情期は、獣人族にとってそれはそれは大切なものなのです。どうか陛下のためにお備えください」

「……分かったよ」

ジュードのためだというなら、エリオルに否《いな》やはない。

「とはいえ、最も重要なのは、このお茶です」

「これ？」

軽くティーカップに触れると、ミケーレが頷《うなず》く。

「獣人の発情期に備えて飲む、特別な薬草茶なのです」

「初めて飲む味だとは思ったんだ」

だが、特に薬のような味がするわけではない。

「体内の変化に対して体の負担を減らす意味もあるので、特に男性はたくさん飲む必要があるのです」

「そうなのか。毎食後に飲むのかな？」

「それだけではありませんが、一度にたくさん飲むのはお体の負担になりますから、発情期が終わるまでに摂る水分を全《すべ》てこの薬草茶に置き換《か》えることになります。お味は問題ないと思いますが」

「うん。大丈夫」

嫌《きら》いな味でなくてよかったと安堵《あんど》しつつ、ティーカップの中身を飲み干す。

そのあとは、衣装係を迎《むか》えるに当たっての支度《したく》を調《ととの》えてもらうことになった。

服を着替《きが》え、鏡台の前に座る。

「御髪も随分伸《の》びましたね」

丁寧《ていねい》に髪を梳《くしけず》られながら、エリオルは言われてみればそうだな、と思う。もともと項《うなじ》にある番の証《あかし》の噛《か》み跡《あと》を隠《かく》すために伸ばしていたが、最近はミケーレによって横に流すように結《ゆ》われているため、噛み跡は晒《さら》されている。

獣人たちは大抵《たいてい》成人を迎える頃から髪を伸ばし、番を持つと、髪を切るか結うかして項を晒すようになるのだと教えてくれたのもミケーレだった。

「そう言えば……」

「はい、なんでしょう?」

「陛下も長いときがあったのかな?」

ジュードのすっきりとした襟足《えりあし》を思いながら、何の気なしにそう口にした。けれど……。

「いいえ。陛下に噛み跡はありませんが、番がいるとおっしゃって、ずっと短くしていらっしゃったようですよ」

思いがけない言葉に、エリオルは一瞬《いっしゅん》言葉を失った。

「……そう、なんだ」

「はい。有名な話です。そして、それほど長く思われていた番様と、このたび婚儀《こんぎ》をお挙げになると、国民にも知れ渡《わた》っているはずです」

「——……知らなかった」

呆然《ぼうぜん》とそう呟《つぶや》いたエリオルに、ミケーレが微笑《ほほえ》んだ。髪はいつも通りきれいにまとめられている。

なんだか少し恥《は》ずかしい気がして、エリオルが俯《うつむ》いたとき、ノックの音がした。すぐさま、ミケーレが対応に出る。

入ってきたのは二人の女性だったが、一人はよりにもよってあの、エリオルに悪意を持っているようだった針子だった。もう一人は大柄《おおがら》な女性で、前回は見なかった顔だ。

針子の登場に内心大いに狼狽《うろた》えたが、表情が変わらないようにどうにか堪《こら》えた。鏡台の前の椅子《いす》から立ち上がり、ソファへと移動する。

大柄な女性のほうは、体の半分ほどもありそうな大きな鞄《かばん》を手にしていた。てっきりデザイン画を見せられるだけだと思っていたが、なんらかの衣装を持ち込んでいるようだ。だが、それにしても大きい。一着ではないのかもしれないなと思う。

「このたびはお手数をおかけして申し訳ございません」

針子が深々と頭を下げる。そして、デザイナー自身が来られない件についても謝罪を受けた。もちろん、そんなことはまったく構わないので、気にしなくていいと返す。

「こちらが急がせているのですから……。それで、デザインの確認ということだけれど、何を見ればいいのかな？」

「いくつかお持ちしていますから、一着ずつ説明させていただきますが、よろしいですか？」

「ええ、どうぞ」

やはりそうなのかと思いつつ、エリオルは頷く。

「まずは、こちらなのですが……」

そう言って、大きな鞄から針子が取り出したのは、裾の長い上着だ。正直、ぱっと見せられてもエリオルには前回仮縫《かりぬ》いしたものとの違《ちが》いが分からない。

「前回提案させていただいたものと生地の光沢《こうたく》が違って参りますので、刺繍《ししゅう》を――」

細かい説明を聞きながら、頷いてはみるものの、なるほど以外の感想がない。相手は自分に敵意があるようなのに、仕事はきちんとこなそうとしている。それなのに自分がこれではよくないなと思いつつ、せめて真剣《しんけん》に聞こうとはするのだが……。

「一度羽織ってみていただけますか？」

そう言われて、エリオルは頷いてソファから立ち上がった。

「私が」

ミケーレがすかさずそう言って、針子の女性から上着を受け取る。ミケーレは丁寧に上着をあらためてからエリオルに着せ掛《か》けてくれた。

「どうだろう？」

鏡に姿を映しつつも、自分の意見より確かだろうと、ミケーレに尋《たず》ねる。

「確かに、先日のものより丈《たけ》が少し長いですね。刺繍がよく映《は》えています」

「こちらは、殿下《でんか》に合わせたものではないので、こういった感じになるという見本のようなものだと考えていただければ……」

針子の言葉に頷く。そうして、次はこれ、次はこれ、と三着目が出されたとき、再びノックの音が響《ひび》いた。

エリオルの部屋は、予定外の来客などほとんどない部屋である。考えられる一番はジュードだが、今日は忙《いそが》しくしているはずだ。不思議に思っているうちに、ミケーレがすぐにドアへと近付いた。エリオルは思わずそちらを注視する。

途端《とたん》にふと、人の気配を背後に感じた。ハッとした瞬間、太ももの裏辺りにチクリと針で刺《さ》されたような痛みを感じて、エリオルは咄嗟《とっさ》に振《ふ》り返る。

「申し訳ありません。裾《すそ》が乱れていたので……」

針子は突然《とつぜん》振り返ったエリオルに驚《おどろ》いたような顔をしたあと、頭を下げてそう謝罪した。その態度に、気のせいだったのだろうかと思う。

「いえ、急に触《ふ》れられて少し驚いただけだから――」

小さく頭《かぶり》を振ったエリオルは、そのままくらりと目が回るような感覚を覚えて、眉《まゆ》を寄せた。

なにかがおかしい。そう思う端《はし》から体の力が抜《ぬ》けていく。視界がぐらりと傾《かたむ》く。

そう言えば、ミケーレはどうしたのだろう？　そう思ったのが、最後の記憶《きおく》だった……。


目を覚ますと、そこは真っ暗な空間だった。体の下にあるベッドらしきものの硬《かた》さと、鼻につくかび臭《くさ》さが、すぐさまここが日常とはかけ離《はな》れた場所であることを知らせる。

同時に、意識を失う前に何があったのかも思い出した。針か何かに刺されたような痛みを感じた直後に、目眩《めまい》がした。針に何か……少なくともすぐに死ぬようなものではない薬剤《やくざい》が塗布《とふ》されていて倒《たお》れたのだろう。

あれが毒だったら死んでいた。そう思って背筋を震《ふる》わせる。

次に考えたのは、ミケーレはどうなったのだろう、ということだった。あのとき、ノックの音に反応したミケーレは、すぐに戻《もど》っては来なかった。

継《つ》ぎの間で対応していたはずだが、タイミングと現在の状況《じょうきょう》からしてあのノックの主は誘拐《ゆうかい》の共犯だった可能性がある。

そう考えてから、これが誘拐である、ということに改めて気付いた。まだ頭がはっきりしていないらしい。そう言えば体もどこかだるい。まだ薬の影響《えいきょう》が残っているのだろう。だが、そうでなければ暗闇《くらやみ》の中にいると気付いた瞬間に、恐慌《きょうこう》状態になって叫《さけ》んでいたかもしれない。

そう思えば悪いことばかりではない。自分でもばかばかしく思えるくらいのこじつけだが、精神を平静に保つために敢《あ》えてそう考えて、細く長く息を吐《は》き出した。

手足は特に拘束《こうそく》されていないようだ。室内に人の気配はなく、空気はどこか淀《よど》んでいるように感じる。一体どういう場所なのだろう。エリオルはそろそろと体を起こす。

暗いのは夜だからなのか、窓の一つもないからなのか……。

いくら平静を保とうとも、暗闇の中で不安がじわりじわりと湧《わ》き上がり、同時に体が震えて

くる。

ひょっとして、このままここに放置されて死ぬのだろうかと、そんな考えが浮《う》かびそうになって慌《あわ》てて頭を振った。

もし殺す気ならば、あのとき殺していたはずだ。

そのほうが誘拐するよりも簡単だっただろう。白昼堂々の犯行である。人目を避《さ》けて運び出すのは骨が折れただろう。ひょっとして、あの大きな鞄に自分は詰《つ》め込まれたのだろうか。

そこまでして生かしたまま捕《と》らえた以上、なんらかの目的がある。

当然犯人も、エリオルが生きてここに囚《とら》われていることが肝要《かんよう》な者ということになるのだが、一体誰《だれ》が何の目的で、エリオルを攫《さら》ったのか……。

エリオルを邪魔《じゃま》に思っている人物という意味では、ローガンが一番に思いつく。けれど、ローガンにはジュードがしっかりと釘《くぎ》を刺していた。

それに、エリオルを邪魔に思うのは、ジュードを思えばこそであり、よりによって明日にでも発情期が始まるというこの時期に、エリオルを誘拐するのはおかしいように思う。

ならば、ジュードの相手として挙げられた貴族家や他国の王家の横やりかと言えば、それもおかしい。彼らならば、あの場でエリオルを殺したほうが簡単だっただろう。

そう思うと、今回の件は……。

そこまで思考が及《およ》んだとき、どこかから何かを石で打つような音がした。なんだろうと考えてすぐ、それが石の上を歩く足音だと気付く。一人ではない。複数のものだ。

やがて視界が不意に明るくなる。眩《まぶ》しく感じたが、まだ明かり自体は遠い。そのときになってようやくここが牢《ろう》の中であることが分かった。鉄格子《てつごうし》があり、内側にあるのは自分が寝《ね》ているベッドと、壁際《かべぎわ》の手枷《てかせ》だけだ。

それらを確認《かくにん》しているうちに、二人の男が姿を現した。

「お目覚めのようですね」

そう言って薄《うす》ら笑いを浮かべた男にも、その後ろで無言のまま汚《きたな》らしいものを見るような目を向けてくる男にも見覚えはない。光源は男の一人が手に持っているランプのようだ。

どちらも獣人《じゅうじん》で、どこか薄汚《うすよご》れた格好をしていた。

「怖《こわ》くて声も出ませんか？」

その問いにも答えずにいると、突然それまで無言だったほうの男が鉄格子を蹴《け》りつけた。激しい音に、エリオルは肩《かた》を揺《ゆ》らす。

「獣人なんかとは口もきけないってかぁ？」

「……そんなことはありません」

イライラとした声に、ぎゅっと手のひらを握《にぎ》りしめて、ゆっくりと頭を振った。相手の神経を逆撫《さかな》でしたくない。

だが、どう振る舞《ま》うのが最善なのか分からなかった。鉄格子を蹴った男のほうは、なにもせずともエリオルが気に食わないようだ。そういった相手には慣れていたけれど、これまでは立場が、最低限エリオルを守ってくれていた。今回はおそらく、そういうわけにはいかないだろう。もちろん、なんらかの目的を果たすまで、命だけは保障されているのだろうけれど……。

「すみませんね。こいつは人間が大嫌《だいきら》いなんですよ。特に、フルブスクの人間が」

その言葉に、エリオルは瞼《まぶた》を伏《ふ》せる。戦争をしていただけでなく、獣人を差別していたのだから、その感情は理解できる。

そして、人間が大嫌いだという言葉に、内乱の後始末、第一王子派の残党、という言葉が脳《のう》裏《り》に浮かんだ。

「……祖国が、大変申し訳ありません」

そう口にしたエリオルに、にやけ面《づら》の男が驚いたように声を上げる。

「おや、随分《ずいぶん》と素直《すなお》ですね。あの国の王子だっていうから、もっと傲慢《ごうまん》で高飛車な人間だとばかり思っていましたが……」

その言葉にもう一人が大きく顔を顰《しか》める。

「捕《つか》まってるから大人しい振りをしてるだけだろう」

「そうですねぇ。でも、これはひょっとして、例の話は思っていた以上に事実に近いものだったりするのかもしれませんよ」

「そんなわけがあるか」

楽しげに言った男に、もう一人は舌打ちを返す。例の話？　とエリオルは内心首を傾《かし》げた。

「そんな言い方はないでしょう？　この人間が本当に第二王子を助けた恩人だというなら、本人が取り戻しに来る可能性は高まります」

「番《つがい》だってんだから、それだけでも来るだろうさ。特に発情期前だろう？」

「それはそうですが」

吐き出すように言う男に、にやけ面の男はどこかつまらなそうに肩を竦《すく》める。

だが、エリオルのほうはその会話を聞きながら、血の気が引くのを感じていた。

どうやら、この男たちがエリオルを誘拐したのは、助けに来るであろうジュードが目的らしい。

普通《ふつう》に考えれば、妃《きさき》が誘拐されたからといって国王自らが駆《か》けつけることなどあり得ない。だが、そういった常識は『番』と『発情期』という組み合わせの前では覆《くつがえ》される可能性があるのかもしれないと、男たちの言葉で気付いてしまった。発情期を狙《ねら》って仕掛《しか》けてきたのはそのためもあったのだろう。

どうしよう、どうしたらいい……？

エリオルが番であり、ジュードが発情期直前であることは、獣人の本能に関係した問題だろうから、どれほど行動に影響が出るのかエリオルには分からない。だが、発情期直前でなかったとしても、きっとジュードはエリオルを助けに来てしまう気がした。

その気持ちは嬉《うれ》しいけれど、でも……。ジュードが危険な目に遭《あ》うくらいなら、来ないで欲しい。自分の身などどうでもいいとまでは思えないが、ジュードの身には代えられない。エリオルとしてもそうだが、国としてもそうだろう。

ローガン辺りがどうにか止めてくれればいいのだが……。

「なぁ、こいつは生きてさえいりゃいいんだろ？」

祈《いの》るような気持ちでいるエリオルだったが、男の声にハッと顔を上げた。男の目はエリオルではなく、仲間のほうへと向かっている。

「物騒《ぶっそう》なことを言いますねぇ。瀕死《ひんし》では困りますよ。万が一の際には、盾《たて》として役に立ってもらうんですからね」

にやけ面の男は、盾として、というところでエリオルを見て微笑《ほほえ》んだ。だが、その目は笑ってなどいない。恐怖《きょうふ》で背中が粟立《あわだ》つのを感じた。

「息さえしてりゃ盾にくらいなるだろ」

「生きてるように見えないと困るって言ってるんですよ。あなたは人間相手だとすぐやり過ぎるんですから」

「こいつらが柔《やわ》なのが悪いんだろうが」

鼻で嗤《わら》ってそう言うと、男のギラギラとした目がエリオルを見つめる。エリオルはこの目を知っていた。

狂気的《きょうき》で、嗜虐性《しぎゃく》を帯びた目。自分は正しく、だからこそ罰《ばつ》を与《あた》える権利があるのだと、心から信じている目だ。

母親も、エリオルを鞭《むち》で打つときはこんな目をしていた。

エリオルは一瞬《いっしゅん》、自分があの、フルブスク北部の屋敷《やしき》にいるような錯覚《さっかく》を覚える。あそこはことは違《ちが》い清潔で、外に出られる大きな窓もあったが、間違いなく牢であり、自分はそこにずっと囚われていた。

救ってくれたのは、ジュードだ。

男は、エリオルを『第二王子を助けた恩人』と言っていたが、あのとき助けられたのは、間違いなくエリオルのほうだ。

エリオルの心を、ジュードの存在が救ってくれた。

あの短い期間だけではない。

この十四年間をエリオルが生きてこられたのは、ジュードとの出会いがあったからだ。ジュードとの約束がなかったら、エリオルの人生はどれほど空虚《くうきょ》なものになっていただろう。自ら死を選んでいてもおかしくはなかった。

だが、そのジュードは、エリオルのせいで危機に陥《おちい》ろうとしている。自分が生きて囚われていることが、ジュードをおびき寄せる餌《えさ》となり、人質《ひとじち》として枷になるならば……。

いっそ、死を選ぶべきなのでは……。

男は牢屋の鍵《かぎ》を受け取ると、錠《じょう》に差し込む。金属がぶつかる重い音がした。錆《さ》び付いた金属の擦《こす》れる耳障《みみざわ》りな音と共に牢の扉《とびら》が開く。

――あなたは人間相手だとすぐやり過ぎるんですから。

先ほど聞いたばかりの言葉が耳に蘇《よみがえ》る。今この男を挑発《ちょうはつ》すれば、きっと……。

それは酷《ひど》く暗い誘惑《ゆうわく》だった。

しかし、エリオルの唇《くちびる》は凍《こお》り付いたかのように動かない。それは死が恐《おそ》ろしいというより、ジュードとの別れが恐ろしいからだった。

自分はどれほど愚《おろ》かだったのだろう。

いつだって、ジュードが望むのならそばにいようと考えていた。だが、それは言い訳に過ぎない。

ジュードのためなんかではなかった。本当は、自分こそがジュードのそばにいたいと、醜《みにく》いほどに望んでいたのだ。自らの望みだと思うことが、その罪深さが怖かった。なんの役にも立ちはしないのに、むしろジュードの立場を悪くするだけなのに、それでもと望むことが許されるとは思えなくて……。

「ごめん、ごめんなさい……」

唇から零《こぼ》れたのは、ジュードへの謝罪だった。

だが、男はそれを命乞《いのちご》いだとでも思ったのだろう。唇の端《はし》が楽しげに持ち上がる。

ところが、牢《ろう》に踏《ふ》み込んだ男の手が、エリオルに伸《の》ばされようとしたのと同時に、頭上から足音が響《ひび》き、激しい剣戟《けんげき》の音がした。男が大きく舌打ちをする。

「おや、思ったより随分早い……。残念ですが、連れていきましょう」

決まっていたことなのだろう、仲間に急《せ》かされて、男は憎々《にくにく》しげにエリオルを睨《にら》みつけると腕《うで》を摑《つか》んで強く引いた。

「来いっ」

「あっ」

ベッドに座り込んでいたエリオルは薬の影響《えいきょう》もあるのか、咄嗟《とっさ》に反応できずにそのまま床《ゆか》に転がり落ちる。

「何してんだ、さっさと立て」

肩《かた》を強く打って痛みに呻《うめ》くエリオルの腕を男は容赦《ようしゃ》なく引き、そのまま牢から引きずり出そうとした。

だが……。

「――エリオルから手を放せ」

静かな怒《いか》りに満ちた声が、エリオルの耳に届く。

エリオルは声のしたほうへと視線を向けた。射殺しそうな程に鋭い目をしたジュードの横顔と、牢の外にいた男に突《つ》きつけられた鋭《するど》い剣先が、視界に入る。ずっと笑《え》みを貼《は》り付けていた男の顔は、酷く青ざめていた。

「こ、こちらには人質がいるんですよ……！」

悲鳴のような声を上げた男に、ジュードの目が鋭さを増す。

「だから、手を放せと言っただろう」

その言葉に、エリオルを掴んでいた手がぶるりと震《ふる》え、わずかに力が弱まるのを感じて、エリオルはその手を力一杯《ちからいっぱい》振《ふ》り解《ほど》いた。

だが、不思議なことに男の目はエリオルを見ることもなく、大きく見開かれたままジュードへと向けられている。まるで、手を振り払《はら》われたことにも気付いていないかのようだ。

そんなわけがないとは思うのだが、それくらい彼らの態度は異様だった。

まるで目の前に立っているのがおそろしい怪物《かいぶつ》であり、目を逸《そ》らすことで命がなくなるとでも思っているかのように恐怖で凍り付いている。

「俺の番に手を出したんだ。自らの命だけで足りるとは思わないことだな。……エリオル、目を瞑《つぶ》っていろ」

「あぁぁ……っ！」

ジュードの言葉に、エリオルは咄嗟にぎゅっと目を閉じた。

「次はお前の番だ」

押し殺したような悲鳴が聞こえ、直後にジュードの冷静な声と足音が続く。

「お、俺は狼《おおかみ》でも、犬でもねぇ……っての、に……こんな……っ」

牢の中にいるほうの男は掠《かす》れた声でそう言うと、何かを振り絞《しぼ》るような雄叫《おたけ》びを上げた。男がジュードに襲《おそ》いかかったのではないかと思い、エリオルは思わず目を開けてしまう。

だが、そのときにはもう、男は牢の床に這《は》いつくばっていた。すぐさまジュードの温かい腕がエリオルを抱《だ》き寄せる。

「大丈夫《だいじょうぶ》だったか？」

問われて反射的に頷《うなず》いた。実際何かをされたわけではない。だが、抱きしめられると自分の体が震えていることが分かった。

じわりと目尻《めじり》に涙《なみだ》が滲《にじ》む。

「ジュード……っ、ジュード……！」

ぎゅっと強くその背を抱き返して、エリオルは涙を零した。

やっぱり来てくれた。王がこんなところに乗り込んできてはだめだと言うべきなのかもしれないが、今はそんなことはとてもではないが考えられなかった。

ただ、深い安堵《あんど》だけがある。ここに、この腕の中にいれば安全なのだと、心が感じている。

「助けてくれて、ありがとう」

エリオルが泣きながらそう言うと、抱きしめてくる腕の力が強まった。

「無事でよかった……」

ジュードがそうため息と共に吐《は》き出し、そのままエリオルを抱き上げる。体格差はあるものの、大人と子どもほど違うというわけではもちろんない。

「ジュード、僕、自分で……」

「気にしなくていい。口を閉じてしっかり捕《つか》まっていてくれ。――悪いけど少し急ぐ」

そう言われて口を閉じると、すぐにジュードは牢を出て走り出した。牢の外にいた騎士《きし》の格好をした男たちを横目に階段を駆《か》け上がる。

階段の上は石造りの蔵《くら》のような場所で、そこを出るとどこかの屋敷の庭園のようだった。外は暗く、今が夜であったことを知る。物々しい雰囲気《ふんいき》の中を、ジュードはためらわずに走り抜《ぬ》け、そのままエリオルと共に馬車へ乗り込んだ。

馬車は扉が閉まるとすぐに動き出す。

その頃《ころ》には、エリオルもジュードの体温がいつもより高いことに気がついていた。

「ジュード、ひょっとして、発情期が……」

「……あぁ」

吐息《といき》に近い声で肯定《こうてい》し、膝《ひざ》の上に横抱きに乗せたままのエリオルを抱きしめる。急いでいたのは、このためだったのだ。

「ジュード……」

荒《あら》い息を零しているのは、エリオルを抱《かか》えて走ったためだけではないだろう。名を呼ぶとジュードの目がエリオルを捉《とら》えた。今にも飛びかかりそうな、獰猛《どうもう》さすら感じる目だ。けれど、エリオルはそれを少しもおそろしいとは感じなかった。

「ジュードさえいいなら、我慢《がまん》しなくていいよ」

動く馬車の中だ。非常識なのは分かっている。それでも、この目と、辛《つら》そうに顰《ひそ》められた眉《まゆ》を見て、何も言わずにはいられなかった。

すぐさま唇に噛《か》みつくようなキスをされる。舌が口腔《こうこう》に入り込み、エリオルの舌に絡《から》みつく。

「ふ……、んっ……ん……」

舌がいつもより熱い。発情期だと知らなければ、病気を疑うところだ。

「エリオル、シャツのボタン、自分で外せるか？」

苦しそうなジュードの言葉に頷いて、エリオルは羞恥《しゅうち》に頬《ほお》を染めつつも急いでボタンを外していく。露《あら》わになった首筋に唇が触《ふ》れ、強く吸い上げられた。

「あ……っ」

場所を変え、吸い上げられるたびにそこに熱が灯《とも》っていくのを感じる。まるで、ジュードの熱が移っているかのように。

本当にそうならいいのに、と思う。それでジュードが楽になるならいいのに……。

そう思いながら、エリオルは迷うことなくベルトにも手を掛《か》ける。じわじわと与《あた》えられる快感に指は震えていたけれど、どうにか外すことができた。

「ジュード……んっ…ちょっと、あっ」

前立てを緩《ゆる》めた途端《とたん》、背中側からジュードの手がズボンの中に入り込んでくる。

「ん……っ」

ジュードの指が、窄《すぼ》まりに触れる。

「あっ、んぅ……っ」

いつもよりずっと性急に入り込んできた指を締《し》めつけると、甘い痺《しび》れが背筋を駆け上がった。

少し強引《ごういん》な指使いで中を広げられていくけれど、ジュードのものを呑《の》み込むことに慣れたそこは、痛みを訴《うった》えることもなく徐々《じょじょ》に口を開いていく。

「本当はもっとじっくり広げてやりたいけど……」

「ん、いい、よ……大丈夫、だから……っ」

ジュードの言葉に、エリオルはどうにか微笑《ほほえ》みを浮《う》かべる。ジュードを楽にしてあげたいだけではない。自分だって、ジュードが欲しい。

「俺の足を跨《また》ぐみたいに、座って……そう」

エリオルの腰《こし》を持ち上げようとするジュードの動きに従って、エリオルは震える膝に力を込めて体勢を変える。同時にずり下げられていたズボンと下着を床に落とした。

「あっ」

がたん、と馬車が揺《ゆ》れ、ぐらりと体を揺らしたエリオルをジュードが引き寄せるようにして抱き留《と》めてくれる。

けれど、行為《こうい》が止まることはなかった。ジュードの太ももを跨ぐように座面に膝を付けると、熱いものが指で広げられた後口へと触れる。そのまま入り口を押し広げるように、先端《せんたん》が入り込んできた。

「あ…あぁ……っ！」

一気に深いところまで埋《う》められて、我慢できずに声が零《こぼ》れる。

「あ、あぁっ、あぁっ」

続けて下から突《つ》き上げるように何度も深い場所を抉《えぐ》られて、激しい快感にただ揺さ振られることしかできなくなる。

「あ、あ、あっ、ああ……っ」

気持ちがよくて、どうにかなってしまいそうだった。いつもよりも大きい気がするのは、気のせいなのだろうか。場所のせいか、慣らしが足りなかったのか……それとも、発情期だから？

分からない。とにかく気持ちがよくて、エリオルはここが馬車の中であることも忘れて深い快感に耽溺《たんでき》する。

そして……。

「エリオル、中で、出すぞ……」

「ん、あ、あっ、出して……ジュード……っ」

がくがくと頷くと、強く腰を引き下ろされて、今まで一番深い場所まで貫《つらぬ》かれた。

「あぁ――……っ」

そうして、体の奥でジュードが自分の中で達したのを感じるのと同時に、エリオルもまた絶頂に達していた……。

●

目を覚ますと、目の前にジュードの顔があった。

ぼんやりしつつ、自然と顔を寄せたエリオルに嬉《うれ》しそうにキスしてくれる。それを受けてから、ようやくはっと我に返った。

ぱちぱちと瞬《しばた》き、ジュードの顔を見つめる。ここ三日間の熱と欲望に浮かされたものとは違《ちが》うその表情を……。

「……発情期、終わったの？」

そう訊《き》いた声は、自分でもぎょっとするほど掠《かす》れていた。ジュードがさっと起き上がり、天蓋《てんがい》のカーテンを捲《めく》る。サイドテーブルに置かれた水差しから水を汲《く》んだグラスを手渡《てわた》してくれた。

「ありがとう」

エリオルはゆっくりと体を起こすと、グラスを受け取って口をつける。水が喉《のど》を通る感覚が気持ちいい。

「無理をさせたな」

寝癖《ねぐせ》がついていたのだろうか。指で髪《かみ》を梳《す》くようにして頭を撫《な》でられて、エリオルは小さく頭《かぶり》を振《ふ》る。

「なにも無理じゃないよ」

微笑んでそう言うと、ジュードもほっとしたように笑う。正直体は疲労《ひろう》していたが、無理をしたつもりはない。むしろ満たされた気分だった。

「ジュードは？　体は平気？」

「ああ、もちろん。……こんな気分で発情期を終えられる日が来るのを、ずっと待っていた気がする」

髪を撫でていた手が、そこにある証《あかし》を確かめるように項《うなじ》を撫でる。

眠《ねむ》りにつく前までの激しさが嘘《うそ》のような、穏《おだ》やかな朝だった。

けれど……。

「これで次の発情期にはエリオルが孕《はら》むかもしれないと思うと、少し悩《なや》むところだけどな」

ジュードの口から零れた言葉に、エリオルはぽかんと口を開ける。

「……は？」

今、ジュードはなんと言っただろう？

孕む？　孕むと言ったのか？

「事前の茶の摂取量《せっしゅ》が少なかったから、無理はさせたくないが……」

茶、というのは件《くだん》の、発情期前から大量に摂取する必要があると言われていたものだろう。

けれど、そんなことより問題はその前の発言だ。

次の発情期には孕む――妊娠《にんしん》する、というのはどういうことなのだろう。

「ジュード……いくらその、いっぱいしたところで、僕がジュードの子を孕むわけがないと思うんだけど」

「うん？」

ジュードがきょとんとした顔で、エリオルを見つめる。エリオルもまたジュードを見つめた。

そのまましばらく見つめ合っていたのだが、徐々にジュードの表情が驚《おどろ》きを含《ふく》んだものへと変化していく。

「ひょっとして、本気で言っているのか？」

「……当たり前だよ」

自分は男なのだから、孕むはずがない。そのための器官がないのだから。ところが……。

「男でも、発情期の番《つがい》に中で出されると、子宮ができるって知らなかったのか？」

「…………？」

正直、何を言われたのか理解できなかった。

男でも？　子宮が？

「はぁ!?」

驚きの余り声を上げ、その後は何を言っていいか分からずパクパクと口を動かすエリオルに、ジュードは「どうして肝心《かんじん》な部分の教育が抜《ぬ》けているんだ」とナルカを詰《なじ》りながらも全《すべ》て説明してくれた。

獣人《じゅうじん》の番になったものは、男であっても最初の発情期に中で精を受けると仮の子宮が形成されること。変化で体調を崩《くず》すものが多いため、それを緩和《かんわ》するための成分が、あのお茶に入っているということ。そして、形成された仮子宮はその次の発情期には大抵妊娠《たいていにんしん》可能になるのだということ。他《ほか》にも、出産するときに子と一緒《いっしょ》に体外に出るというような話も聞いた。

「まぁとは言え避妊《ひにん》もできるし、エリオルがどうしても産みたくないっていうなら無理にとは言わないから安心しろ」

前にも言ったが、養子をとるという手もあるのだと言われ、宥《なだ》めるように頭を撫でられて徐々に気分が落ち着いてくる。

まさかの事態に混乱していたものの、どうしても産みたくないのかと言われると……。

「別にどうしても産みたくないわけじゃないんだけど……」

ぽろりと口から言葉が零れた。

「本当か⁉」

「う、うん」

喰《く》い気味に言われて、エリオルはこくこくと頷《うなず》く。

無意識に転がり出た言葉だったが、嘘ではない。ジュードとの間に子どもが持てるなんて考えたこともなかったけれど、自分が産むということを度外視すれば、欲しくないとは少しも思えなかった。

もちろん、まだ戸惑《とまど》っているというか、混乱は続いている。自分が子どもを産むなんて考えたこともなかったのだから、すぐに飲み込めないのはしょうがないだろう。

ジュードは、まさかエリオルが知らないとは思っていなかったようだが。

つまり、以前跡継《あとつ》ぎはどうするのかと訊いたときに『俺としてはまだまだエリオルと二人きりで楽しみたい』と言っていたのは紛《まぎ》れもない本音であり、いずれはごく当たり前のこととしてエリオルとの間に子どもをもうけるつもりだったのだろう。

そして、それでもなお、エリオルが望まないなら養子をとってもいいと言ってくれたのだ。

どれだけエリオルの気持ちを慮《おもんぱか》ってくれているのか、考えずとも分かる。

――――自分は、一体何を恐《おそ》れていたのだろう。

「ジュード」

「なんだ？」

「ジュードは……子どもの頃《ころ》、ほんの少し一緒に過ごしただけだった僕を番にしたこと……本当に後悔《こうかい》していない？」

怖《こわ》くて訊けなかったけれど……本当はずっと気にかかっていた。

ジュードにだけ認められればいいと、そう思いながらもずっとローガンの言葉が忘れられなかったのは、きっとジュードの気持ちすら心の底では信じられていなかったからなのではないだろうか。

いや、信じられないのはジュードではなくて、自分自身の価値のほうだ。ジュードだけがエリオルに価値があると思ってくれていると思いながらも、エリオル自身が、自分の価値を認められなかった。

「当たり前だ」

ジュードは当然のように頷いた。

「俺にはエリオルが全てだよ。前にも言ったが、エリオルに出会わなければ、亜人種《あじんしゅ》はともかく人間との融和《ゆうわ》政策を推《お》していくことなど考えられなかったし、エリオルを娶《めと》るという目標がなかったら、国王になることすら投げ出していたかもしれない」

こんなにも、ジュードは自分を思ってくれていたのに……。

「エリオルの存在が、俺を支えてくれた。エリオルが俺の人生の全てだと、エリオルにだけは分かって欲しい」

その言葉に、エリオルはぽろりと涙《なみだ》を零《こぼ》した。

「ありがとう……でも、それは僕の台詞《せりふ》だよ。ジュード……僕、もしもジュードが後悔しても、僕をいらないって思う日が来ても、それでもジュードのそばにいたい」

ジュードが望んでくれるからではなく、自分がそう望んでいる。

誰《だれ》にも許されなくても、それでも、この気持ちを捨てることはできない。

「ジュードのことが、好き。本当に、好き……！」

止めどなく零れる涙を、ジュードの指が拭《ぬぐ》ってくれる。

「俺がエリオルをいらないと思う日は、永遠に来ない。だが、嬉《うれ》しい。俺も、本当にエリオルを愛してるよ」

ジュードはそう言って、強くエリオルを抱《だ》きしめた。

●

窓の外から、歓声《かんせい》が聞こえる。

王城の、特別なバルコニーの近くにある控《ひか》えの間で、エリオルは髪《かみ》や衣装《いしょう》を整えられていた。

今日は、自分とジュードの結婚《けっこん》式の日だ。

式自体は先ほど無事に終わったが、ほっとする間もなく今から国民に向けての披露目《ひろめ》が行われる。

特別なバルコニーは、そのときのためにあり、バルコニーの見える外苑《がいえん》には多くの国民が詰《つ》めかけているらしい。

実は、バルコニーで国民への披露目を行うかは、議論があったようだ。決行されることになったのは、第一王子の身柄《みがら》が確保され、第一王子派の解体がほぼ終了《しゅうりょう》したためだ。

あの誘拐《ゆうかい》事件の犯人はやはり第一王子派だったらしい。

ジュードは詳《くわ》しくは話さなかったが、発情期の間に犯人への尋問《じんもん》も済み、そのおかげで第一王子発見への道筋もついたとか……。

ようやく一区切りついたと言ったときのジュードがただただほっとした様子だったことに、エリオルも安堵《あんど》した。ずっと敵対していたとはいえ、一応は肉親なのだから複雑な思いもあるかと思ったのだが、そんなことはないようだったから。

肉親と言えば……。

ミケーレに髪を直されながら、先ほどの式で気になったことを思い出す。

列席していた母国の王と王妃《おうひ》が、父と義母ではなかったのだ。敗戦の責任を取って退位したのだろうと推測することはできるが、王は王太子であったはずの、腹違《はらちが》いの兄ではなかったように思う。王は黒髪《くろかみ》で四十代くらいに見えた。子ども時代しか知らないが、兄の髪色は金だったはずだし、なにより年齢《ねんれい》が合わない。

一体誰だったのだろう……。そんなことを考えていると、ジュードが部屋へと入ってくる。

「……どうした？　何か困ったことでもあったのか？」

ジュードはエリオルの顔を一目見て、そう尋《たず》ねてくれた。

「たいしたことじゃないんだ。ただ、フルブスクの国王の席にいた人は誰だったのかなと思って」

「ああ、そのことか」

頷いて、ジュードが説明してくれたことによると、王太子を含《ふく》め元王家の人間は獣人への差別を助長するということから、公爵《こうしゃく》だった男を王位に就《つ》かせたのだという。

それを聞いて、自分に嫁《か》するように命じたときはまだ父が玉座にいたけれど、あのあといろいろあったんだなと思う。

同時に、まったく母国について興味を持たずに過ごしていた自分の薄情《はくじょう》さに気付いて笑いそうになった。

「エリオルを酷《ひど》い目に遭《あ》わせた人間はもういないから、安心していい」

「え？」

微笑《ほほえ》まれて、ぱちりと瞬《しばた》いたが、どういう意味かと問うより先に、ハインリッヒの声が二人を呼んだ。

「行こう」

手を差し出されて、エリオルは迷わずその手を取った。

バルコニーへと向かう足は緊張《きんちょう》に震《ふる》えていたけれど、歩みを止めることはない。

自分の望みだ。何があっても、自分の足で歩いて行く。ジュードが手を取ってくれるのだから、なにも怖くない。

バルコニーに足を踏《ふ》み出す。途端《とたん》に、二人は大きな歓声に包まれた。

青く晴れた空。ほんの少し散らされた雲。その下に、たくさんの人の姿がある。遠くまで人で埋《う》め尽《つ》くされたその光景を見ながら、エリオルはザカリー港の船の上で見た景色を思い出していた。

「エリオル、手を振《ふ》って」

ジュードの言葉に、エリオルはジュードと繋《つな》いでいるのとは逆の手を持ち上げてゆっくりと振る。歓声がひときわ大きくなった。

「エリオルのこと、絶対に幸せにするから」

歓声に負けないようにだろう、ジュードがエリオルの耳に唇《くちびる》を寄せて言う。

エリオルはジュードを見つめた。

そして……。

「僕もジュードのこと、幸せにできるようにがんばりたい」

そう言って微笑んだエリオルをジュードが抱き寄せる。そして、笑《え》みを浮《う》かべたままの唇に、
ジュードの唇がそっと重なった……。

あとがき

はじめまして、こんにちは。天野《あまの》かづきです。この本をお手にとってくださって、ありがとうございます。

温かい飲み物が恋《こい》しい季節になりました。暑い季節が苦手なわたしとしては、秋は涼《すず》しい上にこれから寒くなっていく時期でもあるので、一年で一番好きな季節かもしれません。睡眠《すいみん》時間の幸福度が増す時期でもある気がしています。日照時間が短くなると気分が落ち込みやすいという話も聞くのですが、わたしは大抵《たいてい》の季節を引きこもって暮らしているので、一年中日照はほぼゼロなんですよね……。暖かいお布団《ふとん》を愛する民《たみ》として、心穏《こころおだ》やかに生きていきます。

心穏やかといえば、わたしは寝室《しんしつ》ではアロマを焚《た》いて快眠《かいみん》に努めて（？）いるのですが、仕事部屋ではアロマではなくお香《こう》を使おうと思い立ち、マッチのような形状のお香の中から、いくつか好きな香《かお》りを購入《こうにゅう》しました。しかし、どのお香を焚いても「お香のいい香りがするな～」となってしまい、いまいち違《ちが》いが分からなかったりします。わたしの鼻が鈍《にぶ》すぎるのか…

…？　でもいい香りなのは確かなのでまぁいいかな？　いいのか？　ちなみに購入したのは、ティートリーとレモングラス、金木犀《きんもくせい》と柚子《ゆず》です。煙《けむり》がふわーっと上っていくのをぼんやり眺《なが》めるのも癒《い》やされるので、今後ものんびり使っていきたいと思います。

今回のお話は、王子でありながら辛《つら》い状況《じょうきょう》の中で暮らしていた受と、逃亡《とうぼう》中だった獣人《じゅうじん》の攻《せめ》が出会うところから始まります。二人はまだどちらも幼い子どもながら、助け合いながら思いを交《か》わし番《つがい》となるのですが、ときが来て攻は国に帰ることになってしまう。やがて二人は再会するのだけれど……という再会ものになっています。

獣人の攻を拾う、というのは前回の『獣人の最愛』と同じなのですが、今回は受も攻と同じく子どもです。ショタ時代の二人をじっくり書けて、とても楽しかったです。もしも、ショタ攻からの年下攻も好み……という方がおられましたら『獣人の最愛』もぜひよろしくお願いします。

ところで、今回苦労したのは実は、最初のエッチシーンだったりします。いわゆる無知シチュでありながら受も協力的、というのを書いたことがなくて、これでいいのかな？　と思いながらがんばって書きました。少しでも楽しんでいただけたら嬉《うれ》しいです。

イラストは今回も、蓮川愛《はすかわあい》先生が担当してくださいました。とても素敵《すてき》なイラストをありがとうございました。特に表紙は、ものすごくゴージャスで美しくて、ジュードのかっこよさも然《さ》る事ながら、エリオルがめちゃくちゃ美人で……。幸せそうな二人を見ながら、こんな素晴らしいイラストを描《か》いていただける自分の幸福を噛《か》みしめてしまいました。本当にありがとうございました。

さて、先ほど前回の本の宣伝をしているにもかかわらず、もう少し宣伝をさせてください。今回はあとがきが四ページもあるので……。

現在、陸裕千景子《りくゆうちかこ》先生が『モブは王子に攻略《こうりゃく》されました。』を雑誌「エメラルド」にてコミカライズしてくださっています。ファンタジーを漫画《まんが》で描いていただくのは、本当に大変なことだと思うのですが、毎回美麗《びれい》な絵をたくさん拝見できて、とても幸せなわたしです。是非《ぜひ》、皆様《みなさま》にもお手にとって楽しんでいただければ幸いです。

そして、担当の相澤さんには、いつもながら大変お世話になりました。毎回いろいろとお気《き》遣《づか》いいただいて、とても感謝しております。ご面倒《めんどう》をおかけして申し訳ないですが、これからもよろしくお願いします。

最後になりましたが、ここまで読んでくださった皆様、ありがとうございました。全体的にラブ多めで、わたしの書いた本の中でもトップレベルに甘々なお話になったのではないかなぁと思っております。疲《つか》れたときにでも読んでいただいて、少しでも幸せな気分になっていただけたらとても嬉しいのですが……。

この本が出る頃《ころ》にはきっと、寒さも増しているのではないかと思います。どうかお体に気をつけて、お過ごしください。皆様のご健康とご多幸を、心からお祈《いの》りしております。また次の本でお目にかかれれば幸いです。

二〇二二年　十月　　　　天野かづき

KADOKAWA RUBY BUNKO

獣人《じゅうじん》の求婚《きゅうこん》

天野《あまの》かづき

角川ルビー文庫　23486

2023年1月1日　初版発行

発 行 者——山下直久
発　　行——株式会社KADOKAWA
〒102-8177　東京都千代田区富士見2-13-3
電話 0570-002-301（ナビダイヤル）
編集企画——エメラルド編集部
印 刷 所——株式会社暁印刷
製 本 所——本間製本株式会社
装 幀 者——鈴木洋介

●お問い合わせ
https://www.kadokawa.co.jp/（「お問い合わせ」へお進みください）
※内容によっては、お答えできない場合があります。
※サポートは日本国内のみとさせていただきます。
※Japanese text only

ISBN978-4-04-113143-5　C0193　定価はカバーに表示してあります。

◇◇◇

獣人の最愛
俺のことだけを欲しがって、
包かれることだけを考えればいい。
天野かづき
イラスト＊蓮川愛
森の奥で一人暮らす魔術師のノアは、ケガをした獣人の子供を助ける。記憶を失った子供にレイと名付け暮らしていたが、ある夜、突然成長したレイにノアは抱かれてしまう。そのうえレイが獣人の国の王子だとわかり…？
一度番えばその相手に縛られる――運命の恋物語。
大好評発売中
角川ルビー文庫
KADOKAWA

転生したら悪役令嬢の兄《あに》だった件について
王弟殿下の溺愛
王弟殿下の溺愛
Outeidenka No Dekiai
天野かづき
illustration 蓮川愛
悪役令嬢の妹が無実の罪で王子に断罪される場面で前世の記憶を取り戻したルーシャス。「この馬鹿!」と王子を罵り国外追放を言い渡されたところで、大国の王弟クレイオスが自分を「もらい受ける」と言い出して!?
大好評発売中!
角川ルビー文庫 KADOKAWA

魔王の溺愛
Maou No Dekiai
勇者『ざまあ』!?
魔王が聖女(男)に求婚!?
天野かづき
illustration 蓮川愛
男の俺が異世界に聖女召喚!?
突然「聖女」として異世界召喚された朝陽。
魔王を倒したが、その途端勇者に裏切られたことを知る。
心が折れた朝陽は、魔王の死を嘆く魔族のため力を振り絞り
魔王を助けるが、目を覚ますとなぜか魔王に抱かれていて…!?
大好評発売中!
角川ルビー文庫 KADOKAWA

——誰にも奪わせはしない。
お前のツガイは
俺だけだ。
海賊のツガイ2
天野かづき
イラスト★蓮川愛
異世界に召喚され、Ωとしてαの海賊船の船長・キルクスのツガイとなった冬弥。しかし気になるのはツガイになった当初以来、一度も来ていない発情期のこと。発情期が来なくても、キルクスは自分を好きでいてくれるのかと冬弥は不安に思い……!?
海賊
異世界トリップ
が贈るオメガバース!!
大好評発売中!
角川ルビー文庫
KADOKAWA

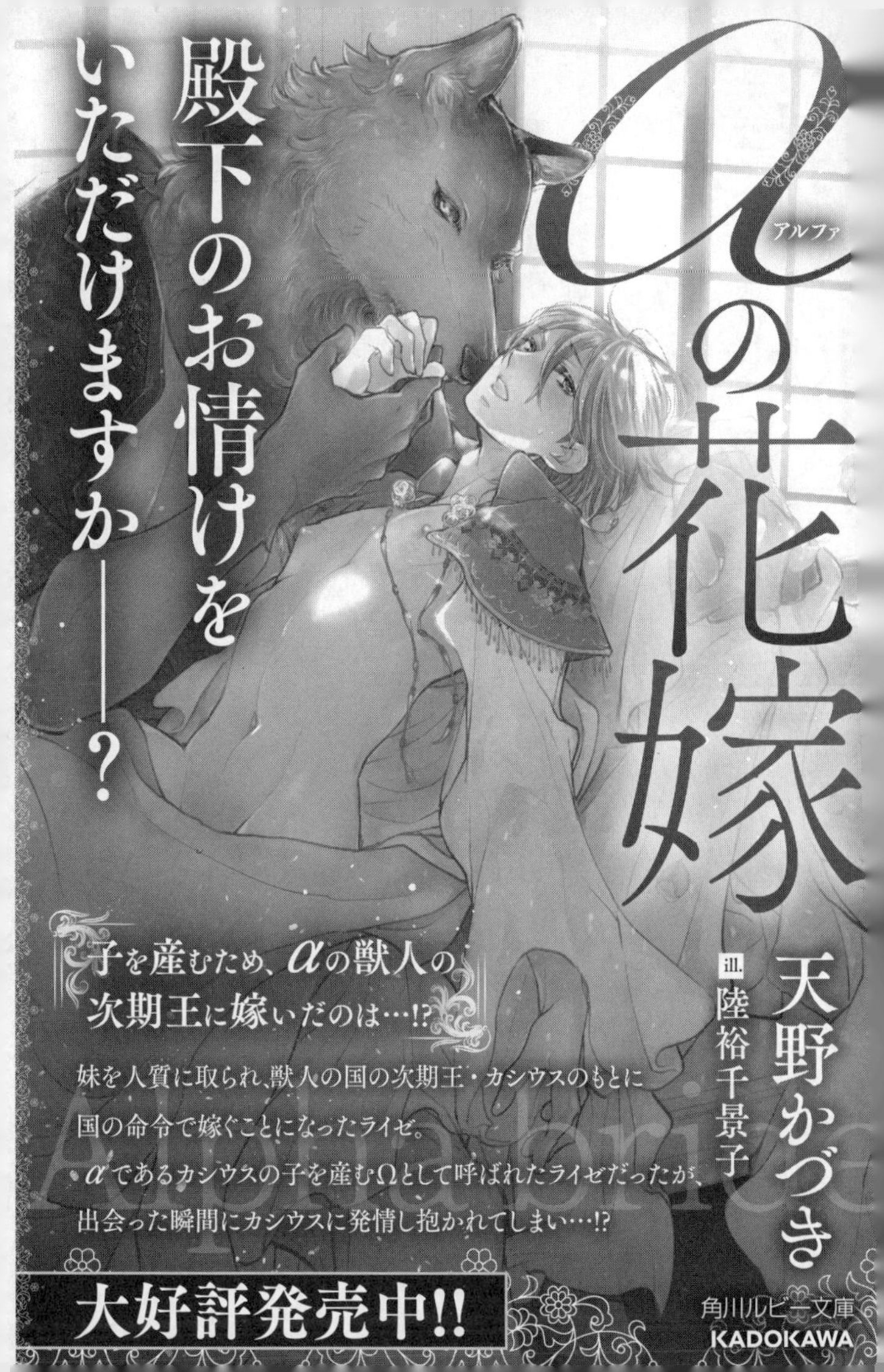

α《アルファ》の花嫁
殿下のお情けをいただけますか——?
子を産むため、αの獣人の次期王に嫁いだのは…!?
天野かづき
ill. 陸裕千景子
妹を人質に取られ、獣人の国の次期王・カシウスのもとに国の命令で嫁ぐことになったライゼ。
αであるカシウスの子を産むΩとして呼ばれたライゼだったが、出会った瞬間にカシウスに発情し抱かれてしまい…!?
Alpha bride
大好評発売中!!
角川ルビー文庫
KADOKAWA

龍王陛下と転生花嫁
Ryuou Heika to Tensei Hanayome
天野かづき
イラスト 陸裕千景子
二百年の時を超えても、
貴方から、逃れられない。
前世で女性だったルーフェは、二百年後の同じ世界に男として生まれ変わった。しかし、前世で自分のツガイだった龍族の王に再び捕らえられてしまい…!?
大好評発売中
KADOKAWA